La reconquête

Charles d'Onten

La reconquête

Presses de la Délivrance

ISBN : 978-2-38132-009-0

GT Éditions
3, rue de l'Arrivée – 75015 Paris.

Prologue

9 août 2031, Fort de Brégançon

Il se reposait sur une chaise, à l'ombre des hauts pins qui bordaient la somptueuse propriété. La chaleur accablante ne le dérangeait pas, il aimait le bruit de la brise qui passait dans les aiguilles des arbres majestueux. Il ferma les yeux, profitant du moment de calme qui lui était offert. Le déjeuner avait été particulièrement joyeux, ses quatre enfants étaient excités à l'idée de la semaine de vacance qui s'annonçait et ils étaient conscients que leur avenir ne serait plus le même à compter de la semaine suivante. Ils étaient partis jouer sur la plage, tandis que lui avait prétexté un dossier urgent à lire pour s'isoler un court moment. Il avait effectivement un lourd rapport dans les mains, il s'agissait d'un énorme travail effectué par le gouvernement en place au sujet de la sécurité du territoire. Le chef d'état-major de l'Armée de Terre et le ministre de l'Intérieur avaient supervisé ensemble le contenu du rapport. Mais il n'avait pas l'intention de le lire immédiatement. La réalité était qu'il avait peur, il s'était préparé toute sa vie à ce moment mais il était terrifié. Ce n'était pas tant son destin personnel qui l'effrayait que celui de toute sa famille, ils s'engageaient dans une aventure qui les dépassait tous. Son épouse semblait, elle, sereine ; elle s'abandonnait totalement, confiante en l'avenir. Mais elle n'allait pas endosser son rôle, c'est lui qui allait devoir prendre en main la destinée de millions de personnes. Il songeait au chemin qu'il avait choisi de prendre.

Quand on le lui avait proposé, il avait hésité, longuement, peu convaincu que le peuple l'attendait réellement. À force de rencontres, d'échanges, de réunions de travail et d'interventions médiatiques, il avait fini par se convaincre qu'il était réellement appelé, mais avait-il eu raison ? Et s'il s'était trompé ? S'il s'était laissé aveugler par une poignée de fanatiques incapables de savoir ce dont avaient réellement besoin ses concitoyens ? Il allait probablement vite le savoir.

– Louis ? Qu'est-ce que tu fais ? Nous t'attendons pour le café, le Premier ministre et son épouse sont là.

Sa femme s'était approchée sans bruit. Elle posa la main sur son épaule et lui caressa la joue.

– Il faut que tu viennes, mon chéri, ils n'ont que deux heures à nous accorder pour nous indiquer ce qu'a prévu le gouvernement pour assurer la transition. Tu es prêt ?

Il la regarda un instant, il était toujours amoureux

d'elle, grande et fine brune au regard clair et au large sourire. Elle l'apaisait.

– Je suis prêt, allons-y.

Le Prince Louis de Bourbon, aîné des Capétiens et héritier légitime du trône de France, également connu comme Louis XX, se leva. Il était temps pour lui de se mettre au travail : dans quelques jours, le 15 août 2027, il serait couronné Roi de France, presque 250 ans après que les Français eurent décapité son ancêtre, Louis XVI.

– I –
La chute

16 février 2026, Fleury-Mérogis

Youssouf rentra dans le bâtiment, dont la façade grise et sale surplombait une cour close, en frissonnant. Il ne supportait plus le froid glacial qui traversait le pays de part en part depuis d'interminables semaines. Il était heureux que cela se termine, définitivement. Il regarda ses camarades à travers la vitre. Ils se recroquevillaient en fumant leur cigarette, s'accrochant à ce petit bout de chaleur qui encombrait doucement leurs poumons. Les hauts murs d'enceinte, hérissés de barbelés et surmontés de miradors, rendaient l'atmosphère écrasante. Il se demanda comment ils pouvaient supporter de s'étouffer avec une fumée artificielle dans un environnement si suffocant.

Il pénétra dans la salle commune sous le regard pesant, lourd d'attente et pourtant craintif, de ses coreligionnaires. Ils savaient tous que le jour était venu. Personne ne l'avait balancé, il était certain qu'aucun des détenus n'oserait trahir son secret. Il avait derrière lui de puissants réseaux, ils le savaient et le craignaient. De toute façon, même si c'était le cas, il était trop tard pour l'arrêter.

La salle était étrangement calme, il avait l'impression d'être sous l'eau, les sons atténués lui semblaient lointains, inaccessibles. Il entendait, mieux, il sentait son cœur battre, doucement, comme s'il avait conscience de sa fin imminente. Le sang pulsait à ses oreilles. Tout semblait ralenti, comme s'il avait été dans une autre dimension. Il ne faisait déjà plus partie du monde des hommes.

Depuis des mois, des soldats de l'ombre comme lui s'organisaient dans de nombreux endroits. Ils avaient prévu d'agir de concert pour faire vaciller leur ennemi, lui faire comprendre qu'il avait perdu le contrôle. Le manque de surveillance et les faibles moyens que ses adversaires s'étaient donnés en avaient fait une proie facile, blessée. Il était temps de la mettre à mort.

Il s'approcha du gardien de prison le plus proche, sortit son couteau et hurla « *Allahou Akbar !* »

Aujourd'hui, la France allait payer.

***

13

Le même jour, Saint-Denis

Akim se baladait dans le centre-ville de Saint-Denis en gardant les mains dans ses poches pour les maintenir au chaud, à l'abri de l'effroyable vent qui soufflait depuis trois jours sur la ville. Il s'ennuyait fermement chez lui, il s'était donc décidé à rejoindre ses amis là où ils traînaient toujours. Sa mère avait encore crié, elle ne voulait pas qu'il voie les « extrémistes du quartier ». Mais, depuis que son père était parti, Akim se moquait de l'autorité. Il n'avait plus peur de sa mère, il n'avait pas à lui obéir. Il devait obéir à une seule personne : l'imam. Il n'était pas pour autant toujours d'accord avec ses amis, il les trouvait trop haineux, toujours à parler de vengeance, d'infidèles, de conquête… Lui préférait avancer, il avait déjà décidé, du haut de ses 14 ans, qu'il ne détesterait pas les Blancs. Il choisissait de les ignorer, ce n'était d'ailleurs pas difficile : à part quelques vieux, il n'en voyait jamais, si ce n'est à la télé, et même là, de moins en moins.

Il arriva bientôt au porche du HLM sous lequel se trouvaient en permanence l'un ou l'autre de ses « frères » comme il les appelait. Il était fier d'avoir pour amis des jeunes de 16 à 25 ans, il ressentait cela comme une marque de confiance.

Il n'y avait personne au lieu de zonage habituel. Bizarre. Il décida d'aller au centre commercial, là il devrait y trouver quelques-uns de ceux qu'il cherchait.

Il arriva par la place de la Halle et entra dans le centre. Il déambula puis aperçu rapidement Farid, l'un de ses plus proches amis, au loin. Il s'inquiéta tout de suite de sa présence dans le centre commercial, Farid était recherché par la police pour avoir agressé un jeune homme quelques jours plus tôt, il était censé se cacher chez des amis pendant deux semaines, d'autant que le gars qu'il avait cogné était dans le coma et que Farid en était à sa quatrième récidive.

Il s'approchait de son ami quand il vit deux policiers se diriger vers lui, Farid ne les avait pas vus, il hurla : « Va-t'en, va-t'en Farid ! » Ce dernier se retourna et aperçut les policiers, il commença à courir et il sortit une arme de poing, il se retourna dans sa course et visa les forces de l'ordre. Des coups de feu fusèrent. Trois. Farid s'écroula et son arme glissa sur le sol jusqu'au premier vigile. Une flaque de sang s'élargissait sous son corps sans vie, criblé de deux balles, la troisième avait troué un mannequin dans une vitrine voisine. Akim s'approcha, les yeux fixés sur le visage de son ami, perdu dans un abîme d'incompréhension et de tristesse. Le policier le plus proche ramassa l'arme, il l'observa, écarquilla les yeux et murmura : « Putain, c'est un pistolet à bille ! »

***

15

Le même jour, Lyon

Leïla sentait la panique enfler en elle mais elle savait parfaitement qu'elle ne pouvait plus reculer. Elle tenta donc de se contrôler. Le tram défilait doucement, s'approchant, station après station, de sa destination. Elle sentait peser sur elle le poids des regards de désapprobation de ses voisins dans son dos, mais elle s'en moquait. Elle était en burqa, comme chaque jour, et personne n'oserait lui dire quoique ce soit. Ça n'arrivait presque jamais, les seuls qui franchissaient le pas de la critiquer ouvertement étaient les musulmans pervertis, les femmes surtout. Ils avaient été corrompus par la France et toutes les pseudo-valeurs qu'elle véhiculait.

Elle avait mûri sa décision durant des mois, aidée par son imam et son époux. Ce dernier était stérile. Après 8 ans de mariage, elle avait fini par se décider à offrir sa vie à son dieu. Elle était certaine que son mari avait fait le même choix mais il ne lui en avait pas parlé.

Leïla avait toujours ressenti une profonde tristesse, et ce, depuis son adolescence. Ses parents avaient pourtant toujours été aimants, mais ils avaient perdu leur joie de vivre dans ce pays.

Ils étaient arrivés en France en 2014, lors de la crise syrienne. Profitant de l'accueil massif de réfugiés par les pays européens, son père avait choisi pour destination la terre des droits de l'homme. Il avait alors été persuadé par des passeurs que son avenir y serait radieux : travail, liberté, éducation pour ses enfants et communauté musulmane bien implantée l'y attendaient. Son avenir et celui de sa famille y étaient assurés. Il était d'abord parti seul puis avait ensuite été rejoint par sa femme et sa fille, aidé par des ONG françaises.

Leïla avait alors découvert, apeurée, un pays profondément triste, elle avait vite compris que son père les avait fait venir car il ne supportait plus d'être seul. On lui avait toujours décrit la France comme le territoire du bien-être et du savoir vivre, des droits de l'homme et de la tolérance. Ce n'était pas vrai. Les réfugiés y étaient parqués dans des ghettos où ne se trouvaient que des musulmans. On leur proposait des aides financières mais aucun moyen de s'intégrer au pays, les Français n'étaient pas accueillants, ils avaient trop de problèmes à régler pour eux-mêmes. La soi-disant richesse, l'eldorado promis, n'étaient que rumeurs et exagérations. Oui il y avait de l'eau potable à profusion, le chauffage en hiver et la climatisation en été, la télévision et la radio pour tous les goûts. Mais le communautarisme était la règle, le vivre-ensemble l'exception. Elle avait passé son temps avec des Syriens et des Irakiens, avait parlé plus souvent arabe que français. On ne lui avait jamais donné la chance de pouvoir aimer son pays d'accueil, ses habitants et son histoire. On lui avait imposé un islam rigoriste, les musulmans de son quartier allaient jusqu'à fouiller les poubelles de chaque appartement pour savoir qui mangeait du porc!

Elle avait fini par épouser Youssef, à qui l'avait promise ses parents. C'est lui qui l'avait radicalisée. Elle s'était d'abord méfiée, elle savait qu'il était très pratiquant, mais il n'avait pas essayé de la convaincre ou de la forcer. Il lui avait simplement montré les limites et les contradictions de la société française, il lui proposait de temps à autre d'écouter un prêche ou une conférence, il la laissait libre de juger. Elle avait petit à petit compris que l'opposition entre la loi coranique et la société française était telle qu'elles en devenaient irréconciliables. Elle avait fini par rejeter en bloc le modèle de société proposé par sa nouvelle patrie : la débauche érigée en modèle par les infidèles ne cessait de la choquer, et il en allait de même pour tous ses coreligionnaires : mariage des homosexuels, avortements de masse, alcool omniprésent chez les jeunes… il fallait en finir avec cette décadence qui finissait par corrompre trop de musulmans. D'année en année, elle s'était enfermée dans une spirale qui l'avait coupée du monde pour finir par la mener à ce moment précis de son existence.

Youssef avait fini par être arrêté pour apologie du terrorisme et recel d'armes automatiques, il avait deux ans de prison ferme à écoper. La voix annonça « Bellecourt ». Elle se leva, tel un automate, et se rendit au milieu de la place. Elle eut une dernière pensée pour ses parents puis elle appuya sur le détonateur.

***

Le même jour, Paris, 20e arrondissement

Patricia était heureuse, apaisée. Elle baissa le son de la télévision, mais la laissa allumée, elle avait toujours l'impression d'être moins isolée quand elle la laissait ainsi. Elle vivait seule depuis deux ans maintenant, son ex-copain l'avait quittée après qu'elle fut tombée enceinte. Il ne lui manquait pas, il passait son temps devant la télé, à jouer aux jeux vidéo ou à regarder des matchs avec ses copains, un véritable cliché. Il n'avait jamais été très attentionné et elle n'avait pas été surprise de son départ. Elle était allée se faire avorter, elle ne voulait pas avoir un enfant à 23 ans. C'était trop tôt. Et, de toute façon, elle n'avait pas d'argent, elle enchaînait les petits boulots et elle arrivait à peine à payer son loyer, quelle vie pouvait-elle offrir à un bébé dans ces conditions ? À l'époque, elle prenait la pilule. L'erreur est humaine, c'est ce que lui avait dit la dame du planning familial. Elle avait été très gentille, lui expliquant qu'elle avait raison d'être libre, qu'il fallait avoir un bébé quand on le voulait, que c'était son corps, son choix, son droit. Patricia n'était plus d'accord avec ça. Mais c'était pour le bien de l'enfant qu'elle avait pris cette décision, ce n'était pas un choix égoïste ! Depuis, elle avait rencontré Khaled, qui l'avait sortie de sa vie merdique.

Khaled était un jeune homme de presque trente ans. Il était plutôt beau, grand, brun, barbu. C'était un homme, lui, un vrai, il était capable de s'engager, il avait des valeurs. Il n'avait jamais essayé de coucher avec elle, et cela lui plaisait. Il était toujours galant et il critiquait beaucoup les ex de Patricia. Il disait qu'ils n'avaient pas de valeurs ni de courage. Bref, « c'est un gars bien », se disait-elle en souriant. Et un vrai mec. Elle retourna vers sa télévision et plongea de nouveau dans l'hypnose du petit écran, elle y laisserait quelques heures et quelques neurones.

Le téléphone finit par interrompre son demi-sommeil. Elle décrocha et entendit la voix de Khaled :

– C'est pour bientôt, tiens-toi prête ! Et il raccrocha.

Elle sortit de sa torpeur d'un seul coup. Ça y est, elle allait enfin faire quelque chose de grand, pour la première fois de sa vie. Finies les conversations vides de sens au travail, finis les week-ends dans la solitude et l'ennui, finies les soirées d'abrutissement à regarder les mêmes *blockbusters* en boucle.

Elle repensa à Khaled, c'est lui qui l'avait sortie de tout cela. Quand elle avait fait une dépression à la suite de sa rupture deux ans auparavant, quand elle avait pris conscience que sa vie était sans intérêt, qu'il n'y avait plus de solidarité dans son pays, que tout le monde se regardait avec méfiance, que chacun vivait sa vie en ne s'occupant que de soi. Il n'y avait plus aucun lien entre les gens. Les seuls moments où elle arrivait à rencontrer de nouvelles personnes, c'était lors de soirées alcoolisées ou quand elle fumait un joint. Et même là, elle sentait que tout était faux, que tout le monde cachait qui il était en se réfugiant derrière une euphorie feinte, liée aux substances ingérées plus qu'à un quelconque bonheur. Elle avait fini par devenir profondément malheureuse et isolée.

Il l'avait vue, en larmes, à la terrasse d'un café. Elle lui avait expliqué, tout. Sa solitude, sa famille explosée quand elle avait eu 10 ans, la perte totale de repère qui avait suivi, ses amis creux et sans intérêt… et il lui avait proposé une réponse à ses angoisses, il lui avait dit qu'il était temps qu'elle retrouve une famille, et il était prêt à lui en offrir une. Il avait tant de valeurs… Il était opposé au divorce, il travaillait dur pour offrir une sécurité financière à ses proches, il attachait de la valeur à la fidélité conjugale, il donnait de son temps aux jeunes de son quartier… Il avait fini par lui présenter ses amies, elle les avait adorées.

Soudain, une détonation retentit, puis une seconde. Il était temps, elle courut dans sa chambre, mit sa burqa, ramassa la kalachnikov déposée la veille par Khaled. Un bruit effarant venait de la rue. Elle alla voir à la fenêtre ce qu'il se passait et vit des centaines, non des milliers !, de personnes courir dans tous les sens. L'anarchie la plus complète semblait régner dans le quartier. Elle appela Khaled, il décrocha à la première sonnerie, elle comprit tout de suite qu'il n'était pas loin des émeutes :

– Où es-tu ?

– À l'arrière, comme prévu. Il faut que tu y ailles ma sœur.

– Oui. Kalhed ?
– Oui ?
– *Allahou akbar.*
– *Allahou akbar.*

Elle raccrocha, jeta son téléphone sur son lit et quitta son appartement pour la dernière fois.

***

Quelques heures plus tard, Palais de l'Élysée

Le Président avait convoqué l'ensemble de son gouvernement en réunion de crise. Les visages tendus, concentrés, attendaient que le ministre de l'intérieur arrive. Le Premier ministre ne tenait pas en place, sillonnant la pièce à grandes enjambées.

– Assieds-toi Valérie, je t'en prie. La demande émanait du Président dont l'inquiétude allait croissant. Un silence pesant s'installa durant quelques minutes. Valérie Pécresse s'arrêta de marcher. Elle avait rejoint le Président en 2022, entre les deux tours, pour prendre la place de Premier ministre à défaut d'avoir su prendre à la tête des Républicains.

Soudain, des éclats de voix retentirent au loin, s'approchant dangereusement, tel un orage. Ils enflèrent jusqu'à ce que la porte s'ouvre. Le ministre de l'Intérieur fit irruption dans la salle suivie des membres de son cabinet :

– C'est la panique générale, c'est un coup monté, on est foutus.

– Comment ça Christophe ? Pourquoi tu parles de coup monté ?

– Il y a eu 27 attaques dans plein de villes différentes : Marseille, Lyon, Toulouse, Saint-Denis, Lille, Nantes…

– 27 ? Mais on parle de combien de victimes au global ?

– Emmanuel, le ton du ministre de l'Intérieur devint solennel, plus calme, donnant l'impression d'un abandon définitif, tout était parfaitement orchestré. Ça fait des années que ça devait nous tomber dessus, et là, ils ont gagné. On a des milliers de radicalisés à suivre, ça fait trois ans que je te dis qu'on ne s'en sort pas. Collomb a eu raison de partir en 2018, il savait qu'on allait droit dans le mur et il ne voulait pas passer pour le responsable… Les rapports qui remontent du terrain corroborent tous les premiers éléments que je t'ai livrés : les terroristes étaient tous passés sous les radars. On ne les connaît pas, pour la plupart. Ils ont été approvisionnés en armes et en ordres par les mosquées les plus chaudes, mais presqu'aucun d'eux n'était officiellement pratiquant. Ils nous ont bernés, nous avons concentré toutes nos forces pendant des années sur les extrémistes les plus visibles et sur ceux qu'on avait rapatriés du Moyen-Orient et, en parallèle, ils préparaient des troupes invisibles sur tout le territoire…

Christophe Castaner, fidèle à lui-même, parla sans interruption. Ses phrases longues, ponctuées par quelques « euh », rendait son propos rébarbatif, mais il savait choisir ses mots. Le Président l'avait rappelé au ministère de l'Intérieur quand Gérald Darmanin avait été trop clair sur ses ambitions présidentielles. Emmanuel Macron lui répondit :

– Bon. Nous savons désormais qui nous attaque et dans quel but. Maintenant, nous allons avoir toute légitimité pour restaurer l'ordre dans les banlieues. Je pense que nous allons devoir déployer l'armée. En revanche, nous allons faire face à un autre problème : il semble qu'il y ait eu plusieurs jeunes, voire très jeunes, tués par des policiers dans de fausses attaques. Est-ce vrai ?

– Oui, au moins 5 gamins sont morts dans différentes villes, ils ont fait semblant d'attaquer des policiers ou des postes de CRS. Nos forces de l'ordre ont tiré, alors que les armes des assaillants étaient factices ou chargées de balles à blanc. C'est ça, le coup monté !
Son regard semblait perdu dans le vide. Le Président assimila ces informations calmement et, après un temps de silence, réagit :

– Tout cela a donc été parfaitement orchestré. Non seulement nous devons éteindre les émeutes en prison, protéger nos concitoyens, déblayer les restes des attentats, commémorer nos morts, mais, en plus, nous allons probablement faire face à des manifestations monstres venues des cités à la suite du décès de ces jeunes. Ils vont les prendre pour des martyrs et ils se moqueront du contexte, tout ce qu'ils retiendront c'est que des enfants armés de pistolets à bille ont été tués gratuitement.

Il avait tout de suite compris la double menace que les islamistes cherchaient à faire naître. Le piège était bien pensé. D'un côté, les attentats qui avaient causé la mort de plusieurs centaines de Français allaient forcément engendrer une réaction de l'extrême droite et de la France périphérique. Cela risquait de créer des tensions énormes dans tout le pays. Les Français allaient être furieux contre le gouvernement qui serait tenu responsable du drame. De l'autre côté, le fait que cinq gamins des cités avec des armes factices soient tués en ferait des victimes aux yeux des musulmans et des cités. Elles allaient probablement se soulever et être, une fois encore, le théâtre d'émeutes monumentales. Ses prédécesseurs et lui-même avaient déjà connu les deux situations. Lui avait failli chuter en 2019 au moment des gilets jaunes, Chirac avait été sur la sellette en 2005. Mais, cette fois, Emmanuel Macron allait devoir subir les deux simultanément.

***

Paris, rue Lemercier, 17ᵉ arrondissement

J'aimais mon appartement. Il était grand, selon les standards parisiens du moins, 44,43 mètres carrés, l'agent immobilier avait insisté sur les 0,43 : « J'ai failli mettre 45 sur l'annonce, mais bon j'aime être précis », deux pièces plus une salle d'eau, toilettes indépendantes, kitchenette bien intégrée dans le *living-room*, je n'étais pas à plaindre. La décoration était des plus classiques, enfin au regard de mes amis : canapé Ikea, bibliothèque Maison du Monde, table basse trouvée sur Le Bon coin, en fer forgé. J'avais même une petite cheminée mais le propriétaire m'avait enjoint de ne pas faire de feu. « C'est presque interdit à Paris de toute façon, et les ramoneurs ça coûte une fortune. » Je n'étais pas sûr du coût d'un ramonage mais où aurais-je pu trouver du bois en plein centre de Paris ?

En guise de décoration sur les murs, j'avais mis un amas de photos, toutes impersonnelles, représentant des paysages sublimes que je ne verrais jamais de mes yeux. Je n'avais pas grand-chose d'autre à montrer de toute façon. Ici ou là, traînaient des cadres photos sur lesquelles on me voyait une fois au mariage d'un copain, l'autre en train de fêter la victoire de la coupe du monde 2018. Ça avait été le plus grand frisson de ma vie : les deux derniers buts de Pogba et Mbapé m'avaient littéralement fait jubiler.

J'avais acheté un cadre photo numérique qui faisait mollement défiler un panorama de souvenirs décousus, je l'avais « branché » sur mon album Instagram. C'était sans intérêt mais ça faisait moderne. Les sourires figés, passés, visibles sur chaque photo semblaient faux, l'obsession de la « pause photo » nous imposait d'être en représentation continue. Nul doute que notre génération allait se retrouver avec des problèmes de zygomatiques dans quelques décennies, ils étaient surexploités, et le tout avec la plus grande hypocrisie puisque le seul enjeu était de paraître heureux à défaut de l'être.

Je faisais partie des privilégiés du pays, ça ne me rendait pas plus heureux qu'un autre mais, au moins, je n'avais pas à m'inquiéter des lendemains difficiles. Avec 6 447 euros nets mensuels, sans compter les avantages en nature procurés par ma boîte et les primes de fin d'année, j'étais à l'abri du besoin. Sorti d'HEC quatre ans auparavant, j'avais intégré Mc Kinsey, le meilleur cabinet de conseil en stratégie qui soit. J'étais content d'avoir réussi, la sélection était difficile, mes collègues étaient brillants, il arrivait même que je me fasse des amis parmi eux. Mes missions étaient épuisantes donc j'avais peu de temps à accorder aux relations sociales, mais, dans une ville comme Paris, il y avait de toute façon peu de place pour de réelles relations. Je venais de province, je n'avais donc pas d'amis d'enfance avec qui passer du temps. Évidemment, si boire une bière avec des collègues ou des copains rencontrés lors de mes séances de « *running* » sur tapis roulant était facilité par la présence, ou plutôt l'omniprésence, de bars et restaurants divers, les activités plus saines et plus constructives étaient limitées. J'avais tenté l'escalade en salle, le footsalle, le squash… tout était en intérieur, tout était enfermant, tout était factice. Le moindre carré d'herbe verte était recouvert d'un amoncellement de chair plus ou moins fraîche de mai à septembre, j'attendais avec curiosité le moment où la mairie allait rendre ces espaces payants pour qu'ils soient moins saturés. J'étais désabusé.

J'essayais tant bien que mal de ne pas mourir d'ennui en me cachant derrière des activités pseudo-culturelles : expositions diverses, soirées théâtre, boîtes de nuit. Tout se répétait d'une semaine sur l'autre, d'un mois sur l'autre, d'une année sur l'autre, ça en devenait irréel. J'étais parfois incapable de savoir dans quel mois ou quelle année je me trouvais, seul le jour de la semaine me restait à l'esprit grâce à des indices divers : menu du déjeuner, type de soirée prévue ou couleur de cravate de mon collègue Rémi.

La routine ne me posait pas de problème, elle me rassurait plutôt, conférant à mon existence une unique certitude : je n'avais pas à avoir peur de l'avenir puisque je savais de quoi seraient faits les prochains jours, les prochaines semaines, les prochains mois. Mon quotidien était hypnotisant, mes managers aussi, ils me faisaient rester grâce à des perspectives financières et sociales toujours plus élevées. J'étais drogué à la pyramide de Maslow mais je butais irrémédiablement sur le dernier échelon : l'accomplissement personnel. Je ne l'expliquais que par une seule raison : je n'avais rien à accomplir sur cette terre, rien qui puisse me laisser penser que je laisserai une quelconque trace. Ma mère me pensait dépressif, elle avait peut-être raison, chacun avait ses névroses dans ma famille. Elle était shootée à la reconnaissance sociale, son obsession consistait à avoir les plus beaux habits, les vacances les plus luxueuses, les plus belles voitures et à les étaler un maximum pour bien montrer que sa vie était plus belle que celle de ses voisins. Elle était pitoyable mais attendrissante. Mon père était, quant à lui, l'incarnation du nouveau riche qui se rachète une conscience, il faisait des maraudes une fois par mois pour les sans-abri, ce qui lui donnait l'agréable impression que le reste de sa vie pouvait se résumer à jouir de tout et sans entrave : golf, chasse, maîtresse, travail, ski, maîtresse, voyages, restaurants luxueux, maîtresse…

Mes parents me faisaient pitié, bien que je leur gardasse une certaine affection, en particulier ma mère, pauvre cocue persuadée que le monde entier l'enviait. Ils m'avaient transmis une seule « valeur », et je leur en voulais terriblement : celle de l'élitisme. C'est à cause de cela que j'avais été en prépa, que j'avais tout fait pour arriver à HEC puis chez le meilleur recruteur qui soit en France à mes yeux. Le problème est que j'avais tout sacrifié au travail et qu'à moins de trente ans, je me sentais vieux avant l'heure, incapable de prendre en main ma vie en dehors de sa dimension professionnelle.

Les questions d'actualité m'intéressaient vaguement, elles égayaient mes soirées en solitaire et me permettaient de penser à autre chose qu'aux missions qui m'étaient confiées, avec mes 4 ans d'ancienneté, je commençais à avoir de belles responsabilités, si tant est que permettre à une énième multinationale de subir une énième mission de conseil pour lui permettre de mettre à mal ses concurrents, ce qui entraînerait de fait la commande d'une mission comparable chez ledit concurrent, puisse être considéré comme une responsabilité. Mon regard était de plus en plus cynique et je caricaturais mon job, même auprès de mes amis.

Bref, les questions d'actualité me changeaient les idées et me permettaient d'appliquer à la politique ou à l'économie mes compétences analytiques. Je suivais beaucoup les politiciens qui me fascinaient par leur capacité à tordre le réel pour justifier leur idéologie et j'avais été captivé par l'élection présidentielle de 2017 qui m'avait donné à penser que les choses allaient enfin changer dans ce pays. La déception qui avait suivi avait été à la hauteur de l'espoir que j'avais placé en Macron : limitée. Si le bonhomme avait eu quelque chose de différent dans son approche et sa communication, j'avais tout de même eu l'intelligence de voir que son parcours, sa formation et son entourage étaient parfaitement conformes au système dont il disait ne pas être issu.

J'avais évidemment voté pour lui face à l'hystérique en perruque blonde qui s'était humiliée durant l'ultime débat de la présidentielle. Il m'était intolérable de penser qu'elle eût pu représenter notre pays et le diriger. Ce n'étaient pas tant ses opinions que sa personne que, du haut de mes 22 ans, j'avais rejetée. J'étais d'ailleurs tout à fait incapable de donner, à la veille du vote, sa position finale sur l'euro, l'Europe et les réformes économiques à mener. Seuls sa personne et son passif avaient compté à mes yeux – et c'était parfaitement suffisant.

Depuis ce matin, je suivais avec effarement les nouvelles, BFM TV tournait en boucle au bureau, personne n'avait pu rester concentré sur son travail et nous avions pris conscience au fil des informations que ce qu'il se passait en ce 16 février 2026 était d'une gravité extrême. La France n'avait probablement pas connu une pareille violence depuis des décennies. Toutes les grandes villes semblaient atteintes, aucune génération, couleur de peau ou religion n'avait été épargnée, les terroristes avaient touché tous ceux qui était à leur portée, aveuglément. Mes quelques collègues musulmans étaient effarés de la violence avec laquelle leurs coreligionnaires avaient frappé et ils étaient fous de rage face au déferlement de haine qu'allaient potentiellement faire naître les actes monstrueux dont nous étions les témoins.

Vers 19 heures, les bureaux commencèrent à se vider, une partie de mes collaborateurs ne pouvait rentrer chez elle suite au blocage de la majeure partie des métros ou du bouclage de certains quartiers. L'anarchie qui régnait dans Paris faisait peser une chape de plomb sur la ville, cela se ressentait jusque dans les rues.

En quittant le bureau, je vis les Champs-Élysées désertés, seuls des camions de CRS étaient visibles sur la plus belle avenue du monde, et l'unique bruit audible venait des sirènes qui hurlaient au loin le désespoir de toute une population. En cette soirée terrible, seuls les pompiers, ambulanciers, policiers et gendarmes circuleraient dans les rues de la capitale endeuillée.

Je rentrai chez moi triste et troublé, inquiet de retrouver ma solitude pour seule compagne. Je me réconfortais en songeant qu'au moins la télévision pourrait combler le silence de mon salon.

***

Le même jour, 20 heures, Carhaix, Bretagne

Maxime et Pierre-Yves étaient avec leurs amis au bar, au Central Café. La télévision était allumée et le silence était pesant, il semblait qu'il y avait eu des attentats un peu partout dans le pays. Le JT commença et annonça immédiatement les chiffres redoutés, plusieurs centaines de morts, des dizaines de villes touchées, l'état d'urgence décrété et l'appel au calme et au respect de tous de la part du gouvernement.

– Putain, ils nous font encore le coup du *Padamalgam*, ils nous prennent pour des cons ou quoi ? Combien de temps on va continuer à se faire égorger comme des moutons ? On sait très bien qui a fait le coup, ras-le-bol à la fin !

Robert, la grande gueule de la ville, avait lancé les hostilités. Un brouhaha d'approbation suivit ses propos. Pour autant, comme toujours depuis le début des attentats, soit près de deux décennies auparavant, pas un d'entre eux ne se posait la question de la vengeance. Ils attendaient, exaspérés, que l'État « fasse le boulot ».

Mais, cette fois, Maxime sentit une atmosphère un peu différente. Il entendait beaucoup de ses camarades appeler à l'action. Il prit la parole :

– Faut qu'on arrête de se plaindre si on fait rien. Montrons au gouvernement qu'on en peut plus et qu'il doit faire quelque chose, ils nous ont promis la fermeté et la sécurité, alors allons la chercher ! On a qu'à recommencer, comme y'a quelques années avec les gilets jaunes.

– Ouais, t'as raison, on doit se bouger. On a qu'à organiser une manifestation. C'était Robert qui lui répondait.

Une voix se fit entendre du fond de la salle :

– Ouais, mais on demande quoi ?

Robert lui répondit aussitôt : Il faut pas qu'on nous prenne pour des racistes ou je sais pas quoi, on n'a qu'à demander la sécurité et dire que si l'État ne fait rien, on fera des milices de défense.

Chacun prit part à la discussion.

– T'es sérieux ?

– Il a raison, il faut qu'on se défende ! Ou c'est eux qui se bougent, ou c'est nous qui le faisons !

– Mais vous êtes des malades, on va tous finir au trou, j'ai pas que ça à faire moi !

– Moi je suis d'accord avec Robert, on fait comment pour organiser une milice, les gars ?

Maxime observait la scène avec intérêt, il finit par imposer le silence et prendre la parole :

– Je vous propose un truc : on appelle tous nos contacts d'ici ce soir, quand je dis tous nos contacts, c'est les copains, la famille mais aussi nos clients, nos fournisseurs, nos distributeurs. On appelle tous ceux qu'on peut et on leur propose une assemblée citoyenne demain soir – ça fera peur à personne une assemblée citoyenne. Et, pendant la réunion, on leur explique ce qu'on veut faire, on leur montre qu'on n'est pas des violents, qu'on en a juste marre des terroristes et des racailles. Y'a eu 29 morts à Brest, 18 à Quimper dans les attentats, tout le monde sera d'accord pour agir, à nous d'être convaincants.

Toute la petite assemblée, une quarantaine de personnes, composée presque uniquement d'ouvriers, de routiers et d'agriculteurs, décida d'organiser le mouvement dans la nuit.

***

Le soir même, Palais de l'Élysée

Le Président était avec son Premier ministre, le ministre de l'Intérieur et quelques fidèles. La situation était inquiétante. Il leur parlait d'un ton déterminé :

– Il est certain qu'au moins une centaine de manifestations vont s'organiser d'ici ce soir du fait de la mort des sept jeunes faux terroristes. Sept provocations qui ont poussé nos forces de l'ordre à faire usage de la force, de façon radicale. Évidemment, personne n'a conscience que c'était un coup monté, que l'opération avait été planifiée, les médias et les réseaux sociaux font de ces jeunes des martyrs. La plupart des manifestations vont dégénérer, des gens de bonne volonté vont être les idiots utiles des islamistes et des communautaristes. Nous allons être taxés de racisme, les musulmans vont se sentir haïs par nos forces armées. Ils vont tout casser. Nous ne pourrons pas les contenir car, si nous déployons trop de forces armées, si nous donnons l'ordre d'ouvrir le feu, s'il y a des morts, les manifestations deviendront des émeutes et les émeutes une révolution.

Une fois encore, le calme apparent du Président sidéra son gouvernement. Il avait une grande maîtrise de lui-même, il mesurait chacun de ses propos et prenait, malgré l'urgence, le temps de la réflexion.

Le ministre de la Défense s'anima :

– Non ! Nous devons à tout prix les contenir, Emmanuel. Les émeutes auront lieu que tu le veuilles ou non. Ils sont des milliers à s'y préparer, ils attendaient une occasion depuis des années, ils ont fini par la provoquer. Si tu les laisses faire ce soir, ça va se répandre comme un feu de paille. Les télés vont relayer ça en boucle, les images susciteront des vocations dans toute la France. Laisse-moi déployer des unités.

Le Premier ministre et le Président l'écoutaient, blêmes.

– Et nous allons faire face à un second risque, on m'annonce que d'autres manifestations sont en train de se préparer. Elles sont organisées pour certaines par des *leaders* des gilets jaunes, pour d'autres par des gens d'extrême droite ou encore par des proches des victimes des attentats. Nous ne savons absolument pas quelle ampleur ce mouvement va prendre, mais les réseaux sociaux bouillonnent presque autant dans ces cercles-là que dans ceux issus des cités.

Emmanuel Macron se tourna vers Valérie Pécresse : qu'en penses-tu ?

La réponse tarda à venir, le Premier ministre était une femme prudente, elle détestait profondément le conflit et ne voulait pas entendre parler de déploiement militaire. Mais elle avait aussi conscience de la gravité de la situation. Elle savait quels risques courait un État incapable d'assumer ses fonctions régaliennes. Et elle savait aussi que son devoir était de protéger la majorité de ses concitoyens. Elle donna sa réponse lentement, avec une voix posée :

– Je pense que nous devons laisser les manifestants exprimer leur opinion. Si débordement il y a, ce sera à la police d'agir, pas à l'armée. Si jamais il est impossible de calmer le jeu d'ici demain soir, alors nous devrons déployer des troupes armées. Je suis certaine que nous pourrons contenir les émeutiers, même si cela doit prendre quelques jours ».

Le Président lui répondit : Je suis d'accord avec t…

– Soyons clairs, Emmanuel. Bruno Le Maire, dans l'un des rares élans de courage de sa carrière politique, l'avait coupé. Tu peux d'ores et déjà annoncer ta démission. Demain, des centaines de milliers de personnes suivront l'exemple de ceux qui veulent détruire notre pays. Ils le feront parce que, ce soir, des commissariats seront attaqués, parce que cette nuit, il y aura des morts, et parce que demain matin, les journalistes et les associations des droits de l'homme crieront à la répression policière, ils descendront dans la rue, excités par des meneurs dangereux et ils casseront tout. Absolument tout.

***

Le lendemain, Trappes

– Akim, n'y va pas, je t'en supplie !

Son épouse était en larmes, il lui répondit gentiment.

– J'y vais Léa, je dois y aller. Ça doit cesser, ça fait 50 ans que ça dure, on va leur montrer qu'on ne se laissera plus faire. C'étaient des enfants Léa, ça aurait pu être les nôtres. Les nôtres, tu entends ? Et tu voudrais que je cautionne ça en restant dans mon canapé ?

Elle était debout, au milieu du salon, le regard suppliant. Leurs quatre enfants étaient dans leur chambre, en pleurs. Ils ne comprenaient pas pourquoi leurs parents se disputaient depuis 10 minutes, ils ne voyaient jamais leur mère pleurer.

Ils habitaient un « quartier » à Trappes mais ils

disposaient d'un appartement très confortable. Akim avait un bon travail, il était numéro deux d'un immense magasin de bricolage à la périphérie de la ville. Il était travailleur et avait une stabilité financière suffisante pour partir de la cité mais ils y étaient bien sa famille et lui. Ils connaissaient tout le monde. Ou presque. Depuis quelques années, de plus en plus de jeunes arrivaient du Maghreb ou du Proche-Orient. Il y avait de nombreuses arrivées depuis des décennies, mais cela faisait dix ans à peine qu'Akim avait pris conscience que ces jeunes ne voulaient pas s'intégrer. Ils traînaient, tenaient des discours de plus en plus radicaux, et beaucoup de ses amis les suivaient ou s'y soumettaient. Sa femme elle-même était désormais obligée de sortir voilée. Ils avaient essayé de résister mais les insultes étaient de plus en plus désagréables, leur poubelle avait été incendiée, ils avaient reçu des messages menaçants et leurs enfants étaient souvent embêtés à l'école. Ils ne voulaient cependant pas partir, ils ne voulaient pas abandonner leurs amis, moins favorisés qu'eux, et céder de terrain aux extrémistes.

Leur dispute venait du fait qu'Akim tenait à se joindre au cortège de manifestants qui allait bientôt démarrer. Il avait été ulcéré par la mort des sept jeunes. Ils avaient été tués parce qu'ils étaient Arabes et qu'ils avaient des pistolets factices ! Il y avait même des rumeurs comme quoi certains n'avaient fait que courir devant des policiers. Si cela était arrivé à un Blanc, toute la classe politique se serait mobilisée, mais pour des Arabes…

Et puis, il ne supportait plus de voir tous ces jeunes de couleur discriminés, sans emploi, placés dans des ghettos. Les gouvernements successifs avaient refusé de limiter l'immigration soi-disant par humanité, alors que tout le monde savait que c'était pour faire plaisir aux patrons qui en profitaient pour baisser les salaires et les conditions de travail. C'était à tel point qu'il valait mieux travailler au noir pour la communauté, dans le quartier, ou bien entrer dans des activités illégales, que de chercher un emploi normal.

Akim était conscient qu'il allait probablement faire le jeu des salafistes mais il ne pouvait pas se résoudre à rester chez lui les bras croisés. Son épouse était paniquée car elle avait entendu dire par ses amies que nombre de leurs fils iraient à la manifestation armés.

– J'y vais, mais si ça dérape, je te promets que je reviens immédiatement, je t'aime. Il ouvrit la porte rapidement et sortit tête baissée pour ne plus voir les larmes de son épouse.

La foule était immense. Le départ du cortège se faisait place Paul Langevin mais toute l'avenue Henri Barbusse était remplie. L'effervescence était telle qu'elle en devenait oppressante. Akim aperçut au loin un groupe composé de ses amis et d'un imam qu'il appréciait particulièrement. Il les rejoignit, l'imam était en train de parler d'un air inquiet, les sourcils froncés.

– … et l'imam Oumar Ben Houdaypa est là, et je pense qu'il va parler au micro. Il s'est encore radicalisé, je le trouve particulièrement dangereux, il faut se méfier de ses propos.

– Mais pourquoi est-il là ? Il ne vient jamais à Trappes normalement, il sait qu'on est nombreux à ne pas être d'accord avec lui. La plupart des habitants du quartier ne supportent plus ses appels au djihad.

– C'est l'UOIF qui l'a fait venir, elle est forcément derrière cette manifestation. Ils n'auraient pas pu mobiliser autant de monde en quelques heures, il y a plus de 20 événements et pages Facebook qui se sont créés à peine 30 minutes après les meurtres.

– Tu es sûr qu'ils n'ont pas tout organisé ?

– Tu penses à un coup monté ? Possible mon frère, mais même si c'est le cas, on doit montrer au gouvernement qu'on refuse que des gamins soient tués sans sommation.

À quelques mètres de là, l'imam Oumar Ben Houdaypa discutait avec deux de ses jeunes recrues, ses gestes exprimaient son impatience et il semblait furieux.

– Vous ne reculerez pas, ça fait des mois que tout se prépare, c'est maintenant ou jamais. Allah vous bénira d'aller au combat et vous serez récompensés au-delà de vos espérances !

– Mais si les autres ne nous suivent pas ? Y'a trop de *kouffars* chez nos frères, ils ne voient pas que la France est notre ennemi.

– Écoute-moi Sahid, ils te suivront, ils vous suivront. Ils savent au fond d'eux que les infidèles doivent mourir, c'est le prophète qui le dit dans le Coran. Alors quand vous leur donnerez l'exemple, ils vous suivront.

Le cortège commença à avancer.

***

Deux heures plus tard, Trappes

Les gens couraient dans tous les sens. La cohue avait débuté lorsqu'on avait entendu des coups de feu à l'arrière du cortège, des manifestants pacifiques s'étaient alors précipités vers l'avant, bousculant tout le monde pour échapper aux possibles balles perdues ou aux affrontements avec la police. C'est alors que des groupes de jeunes radicalisés avaient commencé à brûler des voitures et à tirer en l'air avec des armes semi-automatiques. Une journaliste avait été touchée. Les CRS, de leur côté, étaient débordés, sans instructions claires, ils se contentaient de se protéger et de laisser les manifestants tout casser.

Akim, ses amis et une bonne partie des personnes présentes voulaient partir mais cela leur était impossible. Toutes les rues adjacentes étaient barrées par des camions anti-émeute tandis qu'à l'avant et à l'arrière du cortège, se trouvaient les salafistes armés qui cherchaient à se battre. Ils étaient donc contraints de suivre le cortège en attendant de trouver une échappatoire.

Finalement, un mouvement de foule fut lancé depuis l'arrière du cortège, les hommes armés situés à l'arrière se précipitèrent vers l'avant, probablement pour prêter main-forte à ceux qui attaquaient le commissariat.

Des milliers de manifestants fuirent et retournèrent chez eux, mais la folie semblait s'être emparée du reste des personnes présentes. Des décennies de chômage de masse, de propagande intégriste, de bourrage de crâne médiatique expliquant que les populations issues de l'immigration étaient systématiquement des victimes, et de désespoir avaient fini par avoir raison de leur bon sens. Ils étaient donc encore des milliers, armés de branches d'arbres, de pierres et de pavés pour les plus inoffensifs, de kalachnikovs et de cocktails Molotov pour les autres.

Akim comprit alors qu'une guerre civile risquait d'éclater, le point de non-retour serait franchi si des hommes d'ordinaire pacifiques étaient tués. Les propagandistes islamistes en feraient des victimes innocentes, les mosquées salafistes relaieraient ce message et la révolte se propagerait comme un feu de paille. Les musulmans modérés deviendraient enragés en pensant que leurs amis avaient été tués gratuitement. Il n'y avait plus un blanc, et peut-être plus un seul non-musulman, au sein de la foule déchaînée. Il courut à l'avant du cortège, saisi d'une inspiration soudaine. Il passa devant les chefs armés qui tiraient sur le commissariat et se mit face à eux en hurlant :

– Mes frères, ce n'est pas ce qu'Allah attend de nous, cessez de tirer ! Il entendit un homme hurler « *khayin, khayin* », ce qui signifiait « traître ». Il entendit le coup de feu qui lui était destiné, il sentit la morsure atroce du métal au moment où il pénétrait ses chairs. Il s'effondra, pria pour sa famille et mourut, tandis qu'il entendait son assassin et ses complices crier : « La police a encore tué un de nos frères, tuons-les tous ! » Un hurlement d'approbation sauvage, bestial, traversa la masse.

Puis ce fut le chaos.

***

21 heures, Bonifacio, Corse, le même jour

Nerio marchait le long du port, les petits voiliers y côtoyaient quelques yachts et vedettes qui y hibernaient, l'eau y était remarquablement belle. Des falaises immenses bordaient le port d'un côté, rendant les voiliers minuscules, et la sublime citadelle, imprenable, encadrait l'autre versant.

Tout était calme, la petite ville était peu vivante en hiver. Il grimpa les marches qui partaient du port pour arriver dans la vieille ville, il aimait ce trajet sur lequel s'offrait au grimpeur une vue époustouflante sur la mer. Il traversa la grande porte et déambula dans les petites ruelles de la haute ville. Après quelques minutes, il entra dans un petit immeuble. Arrivé au dernier étage, il frappa 5 fois sur la porte. Son vieil ami Franck lui ouvrit, c'était l'un des très rares continentaux tolérés parmi les nationalistes corses, il était arrivé à Bonifacio à l'âge de 10 ans et n'avait plus jamais quitté le pays. Une quinzaine de jeunes Corses s'entassaient dans le petit salon et discutaient de façon animée : « Mais enfin, Emilio, tu ne peux pas dire ça, tu sais qu'on a plus le choix. » C'était Antoine, l'un des plus jeunes du groupe qui parlait.

– Si ! Nous l'avons, je ne dis pas que je suis pour qu'on se laisse faire, je dis juste qu'on doit bien y réfléchir, parce que là, il n'y aura pas de marche arrière, on fonce dans une impasse, et si on échoue, c'est la catastrophe.

– Emilio a raison, intervint Franck. Il faut discerner, peser le pour et le contre. Vous devez absolument avoir conscience de l'enjeu : si vous décidez de reconstituer les groupes indépendantistes armés, vous devrez le faire avec le soutien total de la population. Et surtout, vous devrez le faire dans l'unité la plus complète. Et pour ça, il vous faudra un chef, un chef sans ambition démesurée, un chef qui soit au service de la cause, un chef incontestable. C'est la seule solution si vous voulez réussir à unir la Corse. Vous connaissez vos orgueils, vos rivalités, vos divisions. Il vous faut quelqu'un de neutre.

– Il a raison, il nous faut quelqu'un qui puisse nous unir. Nous n'avons plus de temps pour la rivalité, il faut agir au plus vite avant que le continent se remette des attentats !

Tous acquiesçaient, conscients que le temps leur

était compté, persuadés que les islamistes attendaient, tapis dans l'ombre, qu'ils soient trop faibles pour se défendre.

Ce qu'ils ne pouvaient pas s'imaginer, c'est qu'à travers toute la Corse des réunions comme celle-ci avaient lieu, dans des maisons, des places de village, des mairies, des églises… le maquis se réveillait partout, et très vite, il serait en feu. La Corse n'était pas terre à se laisser abattre, et surtout pas par des étrangers.

***

Rue Lemercier, Paris 17ee

Je ne supportais plus ma solitude, j'avais encore passé une soirée à regarder la télé puis je m'étais rendu sur un site porno. Chaque visite sur ces sites était à la fois une jouissance et une humiliation. Il n'y a rien de pire que de jouir seul, le plaisir sans la joie de le partager me semblait de plus en plus abscons. C'était peut-être toute la différence entre plaisir et joie, le plaisir ne laisse pas de traces, pas de souvenirs, il ne me rendait pas heureux.

Bref, l'insupportable sensation de solitude me bouffait, je décidais de retélécharger Tinder, il fallait que je trouve quelqu'un à qui parler.

Le téléchargement dura une éternité, ma connexion wifi venait à l'instant de planter, probablement grâce au génie des techniciens de SFR – la qualité de leur réseau faisait que, même en plein Paris, je ramais pour télécharger ce genre d'application en 4G. Je finis par obtenir gain de cause et je me reconnectai à mon compte Tinder avec impatience. J'avais une centaine de messages qui m'attendaient, ils venaient tous de Maïté, une jeune femme de 23 ans que j'avais rencontrée quelques mois auparavant quand j'écumais encore l'application à la recherche de rencontres avec l'autre sexe. J'avais dîné avec elle, puis nous nous étions revus une fois avant de passer à l'acte. Et j'avais ensuite décidé de quitter l'application et de couper les ponts avec elle. Probablement par peur de l'engagement ; c'est la malédiction de ma génération, on ne s'engage plus. On n'est plus ni prêtre ni religieuse, quand on se marie c'est pour quelques années, quand on ne se marie pas c'est pour quelques années aussi, on hésite à avoir des enfants parce qu'on a peur des responsabilités et on se noie dans le travail en pensant que c'est, avec les loisirs, le cœur de nos vies, notre seule façon d'atteindre le bonheur. Je le savais, même à l'époque, et j'avais tout de même choisi de ne pas créer de lien avec Maïté.

Peut-être aussi était-ce le fait d'avoir rencontré cette fille sur une application de rencontre ? Je me voyais mal annoncer à mes parents que leur belle-fille avait avant tout été une fille rencontrée sur le web avec pour premier objectif de partager un coït. Et pourtant, je voyais de plus en plus de mes collègues et amis procéder ainsi. Dans une ville comme Paris où trop de monde vit à côté des autres sans vivre avec eux, ces applications avaient probablement toute leur place, ou en tout cas leur utilité. Je n'arrivais pas à trancher. Je revins à ses messages. Elle voulait à tout prix me revoir, elle avait encore essayé de m'écrire une semaine auparavant. Elle avait au moins cette qualité d'être tenace. J'essayais de me rappeler son physique : brune, yeux marron, quelques grains de beauté épars, sourire superbe, corps bien proportionné (elle faisait beaucoup de sport), elle avait de nombreux atouts. Sa conversation avait été relativement banale, mais elle pouvait en dire autant de moi. Et notre nuit, bien que courte, avait été splendide. Je me mis à tapoter sur mon clavier.

***

Au même moment, Saint-Cloud

120. Il avait réuni 120 personnes ! Tous des responsables politiques et économiques, tous catholiques ou se définissant comme tels. Il n'en revenait pas.

Il avait dû mobiliser tous ses réseaux pour réussir à faire venir des personnes qui, pour certaines, se détestaient cordialement. La maison qui accueillait la réunion était immense, prêtée par un chef d'entreprise à succès dont il n'aurait jamais cru qu'il s'engagerait sur le terrain de la politique. La réunion ne serait pas simple à mener mais il avait bon espoir, au vu des échanges qu'il avait eus avec chacun des participants, de réussir à créer un élan commun.

Bernard Kerseven prit une chaise, se mit debout dessus, et s'adressa à l'assemblée:

– Chers amis, merci d'être venus si nombreux. Votre nombre est la preuve qu'il y a urgence à agir. Je n'aurais jamais cru dire cela un jour mais, si nous n'agissons pas maintenant, en oubliant nos ego et nos querelles, nous sommes perdus.

Vous êtes tous des têtes de réseaux, vous êtes tous influents. Ce qui nous rassemble ici, c'est notre amour pour la France et notre passion pour l'écologie humaine. Emmanuel Macron est en train de détruire la France aussi sûrement qu'il détruit l'Homme. La fragilité dans laquelle il laissera notre pays à la fin de son mandat laisse songeur et, pour peu qu'un nouveau centriste sans colonne vertébrale soit élu après lui, nous ne nous relèverons pas.

Ma proposition est la suivante, établissons ce soir un plan d'action pour mobiliser tous nos réseaux comme nous avons su le faire au moment des Manifs pour Tous, comme les gilets jaunes l'ont fait il y a quelques années seulement, et faisons tomber ce gouvernement qui est un danger pour notre pays. Je laisse la parole à Alexandre qui accepte de gérer toute l'organisation logistique et pratique.

Ce dernier prit la parole dans un silence de mort, les personnes en présence étaient méfiantes, elles ne voulaient pas être utilisées par un quelconque mouvement sur lequel elles n'auraient aucune maîtrise et elles se méfiaient de toute récupération politique. Chacune avait son propre réseau, son image, ses combats.

Le jeune homme prit la parole :

– Merci Bernard. Cela fait maintenant 10 ans que je fréquente une bonne partie d'entre vous et que vous en faites autant entre vous, nous nous connaissons, nous nous estimons et nous savons que nous sommes tous experts dans nos domaines : diriger une entreprise, être haut fonctionnaire, diriger un parti, mener une campagne, organiser une manifestation, faire du *lobbying*, enseigner, former, transmettre... Il est temps de mettre en commun ces compétences pour changer la donne. Nous n'avons plus le droit ni le luxe de continuer nos petites guerres de chapelle. Il faut mettre de côté nos ego et nous rassembler. Si vous êtes tous venus ici ce soir, c'est parce que les organisateurs de cette soirée sont libres de tout engagement militant. Nous n'avons pas de carte dans un parti, nous ne travaillons pour aucun d'entre vous. Notre proposition est la suivante : créons ensemble, avec nos mouvements, partis et associations, un grand collectif pour mobiliser les Français contre Emmanuel Macron, créons ensemble les conditions de la coagulation entre nos militants et ceux qui partagent le même objectif que nous pour des raisons différentes. Chacun d'entre vous disposera d'un siège dans le conseil d'administration du collectif et sera libre d'en partir s'il le souhaite. Nous devons descendre dans la rue en organisant une manifestation monstre et qui tienne dans le temps, mais il nous faut aussi agir sur les élus, les réseaux sociaux, les syndicats, les grandes associations en capacité de mobiliser leurs adhérents, etc.

Voici donc, concrètement, ce que nous vous proposons : nous créons ensemble le collectif Les Natifs, collectif ayant vocation à redonner à notre peuple sa souveraineté. Nous constituons une équipe opérationnelle de 15 personnes chargée d'organiser l'ensemble des opérations. Le collectif sera présidé par un trio élu par vos soins, il sera composé d'un président, un secrétaire général et un porte-parole.

Sera libre de rejoindre le collectif toute association qui le désirera tant qu'elle s'engagera à respecter notre charte commune que Bernard va vous faire passer. Notre stratégie digitale sera assurée par Émile et Samuel qui vous expliqueront mieux que moi nos ambitions sur ce terrain-là. Un collectif de développeurs, *hackers* et webmarketeurs bénévoles a été constitué pour appuyer nos actions de terrain. 18 associations représentées ici par leur président ou leur porte-parole ont accepté de mobiliser leurs réseaux régionaux, elles représentent à elles toutes près de 180 000 personnes engagées et des millions de sympathisants. Reste maintenant à savoir si tous les autres, c'est-à-dire vous tous chers amis, acceptez ou non de rejoindre le collectif. Une voix s'éleva de l'assemblée :

– Et quel sera votre rôle ?

– Coordinateur général des équipes, un rôle de l'ombre rassurez-vous. Cela évitera les querelles d'ego, je ne suis lié à aucun de vous, et j'ai l'expérience nécessaire vous le savez.

– Et concernant les finances ?

– Excellent point que j'ai oublié de traiter. Les 18 associations en question acceptent de financer à hauteur de 50 000 € chacune notre collectif. Trois mécènes ajoutent 2,5 millions d'euros à condition qu'à nous tous nous collections 5 millions. Avec un budget global de 10 millions d'euros, nous pourrons atteindre notre objectif. Il faut donc que chacun des membres du collectif nous dise à quelle hauteur il est prêt à s'engager financièrement. Ce budget sera alloué à trois principaux postes de dépense : le premier sera l'achat d'espaces publicitaires massifs, que ce soit dans la presse, sur les réseaux sociaux ou des bases de courriels. Nous allons devoir toucher un maximum de Français avec des argumentaires solides. Le second sera l'équipe opérationnelle dont je vous ai parlé. Le troisième poste consistera à investir massivement dans la production de contenus : vidéos percutantes, reportages, articles, visuels mais aussi *media training* de porte-parole. Nous devons contrebalancer au maximum le pouvoir médiatique en place.

Quatre hommes sortirent de la salle, Alexandre ne parvint pas à voir de qui il s'agissait mais il avait cru apercevoir l'un des dirigeants Républicains au Sénat et trois de ses collègues. Il fit comme si de rien n'était et prit la question suivante, posée par le président du Parti Chrétien-Démocrate : Et quel est notre objectif ?

– Le départ d'Emmanuel Macron et l'organisation d'une nouvelle élection, élection dans laquelle nous devrons peser de tout notre poids pour faire parvenir un candidat de valeur au pouvoir.

– Et ce candidat, qui est-ce ? La question avait été posée de façon assez agressive par un élu des Républicains. Il avait dit tout haut ce que tout le monde avait probablement pensé tout bas.

– Chaque chose en son temps, nous ne devons en aucun cas nous projeter à l'étape deux avant d'avoir réussi la première, sans quoi chacun cherchera à mettre en avant son propre mouvement ou sa propre personne, ce que nous devons éviter car la division sera notre pire adversaire. Je vous invite d'ailleurs à nommer un bureau qui soit neutre, j'entends par là qu'il doit être constitué de personnalités non partisanes, non engagées dans vos mouvements et sans ambition politique. C'est la seule façon d'éviter une récupération par l'un de nos mouvements et donc la seule façon de vous engager totalement dans la bataille à venir.

– Excusez-moi mais vous-même faites partie d'un mouvement non ?

– En aucun cas, j'ai présidé des associations mais je ne suis plus engagé nulle part.

– Qui proposez-vous pour présider Les Natifs ?

– Guillaume de Prémare. Il n'est pas présent mais

il devait l'être. Vous le connaissez tous, ou presque, cet homme est avant tout au service, il n'a pas l'ambition de se mettre en avant ou de faire la promotion de ses engagements.

Un brouhaha d'assentiment s'éleva, tout le monde ici connaissait Guillaume de Prémare, il avait pris la tête de la Manif pour Tous au tout début, prêtant son nom sans pour autant chercher à diriger le mouvement. Son charisme était suffisant, il avait le profil type pour fédérer autour de lui à la fois l'élite conservatrice et le peuple. Quelques minutes plus tard, Alexandre reprit la parole :

– Je vous propose que ceux qui ont d'autres propositions nous les donnent.

Personne ne broncha.

– Très bien, si tout le monde est d'accord, je vous propose aussi de prendre comme porte-parole Medhi Marlouk, musulman qui s'est converti au christianisme il y a une quinzaine d'années, il est parfaitement crédible pour parler de l'immigration et de l'islam, il a un don pour s'exprimer en public et il est d'accord pour tenir ce rôle.

Le groupe acquiesça rapidement.

– Parfait, il me reste à vous présenter la charte qui nous liera ainsi que les engagements que chacun de nous prendra.

La réunion continua jusque tard dans la nuit, au moment de se coucher, Alexandre sourit. Si Emmanuel

Macron avait contribué à détruire le pays, il avait aussi permis à la société civile de s'unir contre lui, il venait d'assister aux prémices d'une révolution conservatrice et souverainiste, il en était persuadé. Et les bourgeois allaient devoir choisir leur camp entre patriotisme et mondialisme.

***

Lorient, Bretagne

Le brouhaha durait depuis près d'une demi-heure, la salle débordait de monde. Près de 450 personnes s'étaient réunies pour la première des deux réunions organisées par Maxime et ses amis, des réseaux s'étaient mobilisés par dizaines, relayant en quelques heures l'appel à la mobilisation.

Maxime était confiant, il était un meneur d'hommes né, il avait été légionnaire 10 ans avant de se reconvertir, deux ans auparavant, dans le civil, écœuré par la guerre qui s'était terminée en boucherie au Maroc. L'armée française avait à l'époque été envoyée soutenir le roi Mohammed VI qui avait failli perdre le pouvoir face aux islamistes. Tout le Maghreb était en ébullition depuis les années 2020, la Libye et le Mali avaient contaminé l'Algérie et l'Égypte puis la Tunisie et enfin le Maroc.

Macron avait fini par envoyer l'armée soutenir les régimes en place pour faire rempart aux extrémistes, mais cela avait tourné à la guerre civile, les populations étaient lassées par les régimes pseudo-démocratiques en place et elles avaient fait le choix de se rallier en partie au camp des djihadistes. Le résultat avait été ignoble et Maxime avait choisi de renoncer à sa vocation première. Il avait mis du temps à se trouver un travail. Après avoir été videur dans des boîtes de nuit durant un an, il avait été embauché comme chauffeur routier. Son travail lui plaisait, il était la plupart du temps seul, ce qui lui convenait, et ses collègues partageaient avec lui un mode de vie simple.

Il regarda autour de lui, les participants attendaient qu'il se passe quelque chose. Il décida de se lancer :

– Bonjour à tous, merci à chacun de vous de vous être déplacé ! Nous sommes ici car nous voulons envoyer un signal au gouvernement, un signal apolitique, un signal venu du peuple, sans regard partisan. Notre seul objectif, c'est de dire stop à la violence que nous subissons. La dernière vague d'attentats a mis la France à genoux, les racailles se croient tout permis, il ne se passe pas un jour, pas une heure, sans que des Français soient agressés, frappés, tués ou violés. Nous voulons que cela cesse, pas vous ?

L'assemblée répondit mollement « oui ». Quelques applaudissements retentirent mais ils ne furent pas suivis. Maxime ne se laissa pas démonter.

– Alors bien sûr, on pourrait se contenter d'attendre, comme on le fait depuis des décennies, attendre la prochaine élection, attendre le prochain attentat, attendre que nos femmes se fassent violer ou tuer, pour enfin agir. Mais je ne crois pas que ce serait responsable de notre part ! Nous avons pour devoir de protéger nos proches si l'État ne le fait pas, non ?

Cette fois quelques dizaines de voix répondirent avec force « Ouaiiis ! ».

– Alors on ne va pas répondre par la violence, c'est pas notre boulot. On ne va pas non plus tout casser pour se faire entendre, ça ne servirait à rien ! Ce que je vous propose, c'est qu'on crée une milice pacifique, sans arme, chacun dans notre quartier. Il suffirait qu'on se rassemble par groupes de vingt, chaque soir, de 20 heures à minuit, et qu'on patrouille dans les quartiers où l'insécurité est la plus forte. Ce que nous vous proposons, c'est de soutenir les forces de l'ordre en sécurisant des zones où elles n'ont plus les moyens ou le temps d'aller. Nous pourrions sauver des dizaines de vies, mais surtout, nous pourrions montrer aux prédateurs qu'ils ne peuvent plus agir impunément ! Est-ce que vous êtes d'accord pour protéger nos femmes, nos jeunes, nos aînés ? Est-ce que vous êtes d'accord pour qu'enfin on se sente en sécurité là où on habite ?

Cette fois, la réponse fut presque unanime, une grande clameur lui répondit positivement.

– Alors au travail, on se réunit par groupe de 100 tout de suite, on va se répartir par zones géographiques, chaque groupe de 100 sera divisé en cinq groupes de 20, ça veut dire que chacun de nous s'engagera à être disponible un jour sur cinq pour patrouiller avec son groupe. Allez, go !

Une trentaine de personnes quittèrent la salle, le reste du groupe se répartit comme Maxime l'avait demandé. Il sentait que quelque chose se passait, tout le monde se fichait de savoir qui était qui, leur seul but était de restaurer leur premier facteur d'épanouissement : la sécurité.

***

3 heures du matin, Palais de l'Élysée

Emmanuel Macron n'arrivait pas à dormir, il savait qu'il était dans une situation quasi inextricable. Un doute terrible l'assaillait : devait-il tenir ou non ? Ses équipes étaient convaincues qu'il devait aller jusqu'au bout, que le peuple le suivrait. C'était probablement vrai.

Il avait été élu face à Marine Le Pen avec plus de 55 % des voix en 2022. Aucun de ses opposants politiques ne faisait le poids désormais. Pécresse avait été obligée de le rallier en 2021 suite à sa tentative de mettre la main sur Les Républicains. De fait, après les européennes de 2019, elle avait réussi à faire partir Wauquiez. Le parti avait été confié à un second couteau qui avait été choisi pour une seule qualité : il acceptait de ne pas se présenter à la présidentielle de 2022. Pécresse avait alors eu un boulevard devant elle : elle était soutenue par la quasi-totalité des LR les plus centristes. Mais elle n'avait pas vu l'impasse dans laquelle elle avait foncé tête baissée, elle n'avait pas eu le moindre espace entre le programme de LREM et celui du RN. Sauf à prendre le libéralisme de l'un et le souverainisme de l'autre, position intenable sur le fond mais qui avait payé électoralement dans le passé. Contrairement à Wauquiez, elle avait refusé toute idée de droitisation, ce qui avait fait de LR une succursale de La République en Marche. Pécresse avait été éliminée dès le premier tour et Emmanuel Macron avait de nouveau fait face à Marine le Pen. Elle avait été meilleure en 2022 qu'en 2017, il lui reconnaissait cela, et elle avait été proche de conquérir le pouvoir. Une fois encore, les Français s'étaient abstenus massivement.

Emmanuel Macron savait qu'il n'avait personne pour lui faire face, il avait tué tous ses adversaires. Et pourtant les Français lui résistaient, sans passer par les institutions ou les partis.

« Incroyable… il est tout de même incroyable que j'aie si bien réussi à détruire tous mes opposants politiques mais que je puisse me planter face au peuple. » Son inquiétude venait de la droite « hors les murs ». Il sentait bien, depuis trois ans, qu'une coalition souverainiste était en train de se former. C'est de cette droite que viendrait le danger, il l'avait toujours su, avant même d'être élu. Marion Maréchal, Thierry Mariani, François-Xavier Bellamy, Moreau, Accoyer, Dhuicq, Myard, Le Grip, Buisson, Poisson, Zemmour ou encore Beigbeder et Millon… Toutes ces personnalités réseautaient de plus en plus visiblement ensemble. Et de leur union pouvait naître un monstre capable de tout rafler, car Macron savait que la France périphérique, encore majoritaire dans le pays, était d'accord avec leur vision de la France. Il avait conscience que les gilets jaunes, dont les manifestations avaient paralysé le pays pendant 4 mois quelques années auparavant, étaient susceptibles de se remobiliser sur les thématiques migratoires et identitaires. Il avait réussi à les apaiser à l'époque grâce à de fortes concessions fiscales mais il ne pourrait rien face aux nouvelles revendications qui remontaient progressivement du terrain.

Emmanuel Macron se retourna dans son lit et revint au présent. Si les émeutes se poursuivaient et amplifiaient il risquait de se retrouver entre deux feux, d'un côté les banlieues, de l'autre les périphéries. Christophe Guilly le lui avait dit quelques années plus tôt : « Si la Vᵉ République doit s'effondrer, ce ne sera pas du fait de l'action directe des banlieues, ce sera de celui des périphéries que vous avez abandonnées depuis 30 ans. Méfiez-vous, Monsieur le Président, c'est toute la France qui risque de se réveiller. » Si elle se réveillait, et si elle se réveillait à cause de l'immigration, c'en était fini de la Vᵉ République et fini du projet européen. Un véritable cauchemar.

***

Versailles, le lendemain matin

Alexandre décrocha, l'appel venait de Zoom : Bonjour Franck, merci de me rappeler.

– Bonjour, puis-je savoir qui vous êtes ?

– Un gars comme vous, je pense, je veux que le gouvernement tombe, et au plus vite. Je m'appelle Alexandre, c'est Villiers qui m'a donné votre numéro comme je vous l'ai dit dans mon message.

– Au moins, c'est direct. Qu'est-ce qui me dit que vous n'êtes pas de leur côté ?

– Du côté de Macron ? Rien, si ce n'est celui qui nous a mis en contact, cela devrait suffire.

– C'est juste. C'est quoi votre plan, Alexandre ?

– Une manifestation monumentale qui allie la France de Johnny et celle de la Manif Pour Tous.

– Les bourgeois et les prolos dans le même camp ? Vous rêvez.

– Pas si on a un combat commun. Notre point commun, c'est notre attachement au réel, au national, au local. On a la même vision de la France.

– Ça veut dire quoi « attachement au réel » ?

– Un homme et une femme seuls peuvent procréer. Ça, c'est le réel. Ou le fait que nous préférions faire vivre un artisan français plutôt qu'une firme américaine. Ou que nous aimions nos agriculteurs plus que les agriculteurs espagnols ou uruguayens. Ou bien que nous aimerions aider les 9 millions de pauvres qui sont dans nos rues plus que les millions de clandestins qui espèrent venir en France.

– Ouais, du bon sens quoi.

– À mes yeux oui.

– Ça me va. Et pourquoi vous m'appelez ?

– Parce que je sais qu'au-delà de nos valeurs communes vous souhaitez une Corse plus autonome. C'est votre deuxième combat. Ça ne me dérange pas. Du coup, j'aimerais que nous arrivions à coordonner nos actions. Il faut que l'État soit submergé. Si on arrive à combiner les émeutes en banlieue, une manifestation monumentale à Paris, de fortes mobilisations en province et une insurrection en Corse, je pense que Macron est foutu.

– Vous parlez d'insurrection pour la Corse, pas pour le reste ?

– Une insurrection, c'est quand les gens sont armés. Je ne vois pas les continentaux oser aller jusque-là.

– Hum ! Pas faux. Et donc que voulez-vous que nous fassions ?

– On se contente d'agir le même jour à la même heure, après, chacun son combat.

– Ça me va.

– Laissez-moi vous communiquer la date quand je l'aurai, on aura besoin de plus de temps que vous pour nous organiser.

– OK, bonne chance Alexandre.

– À vous aussi Franck.

***

Au même moment, Bordeaux

– Les gars, vous m'avez bien compris ? On n'attaque personne qui ne soit pas armé, c'est clair ? On est là pour leur montrer que les zones de non-droit, c'est fini, et c'est tout. Ils sont en train d'attaquer les CRS qui protègent le commissariat, faites gaffe ils sont armés.

La petite troupe commença à marcher, près de 160 personnes formaient une colonne par rang de deux. Tous étaient équipés d'outils divers : clubs de golf, battes de baseball, raquettes de tennis, fusils de chasse…

Ils évoluaient entre les HLM de l'un des quartiers chauds de Bordeaux, les barres hideuses les entouraient de toute leur hauteur, les habitants dévisageaient cette troupe menaçante avec méfiance, des insultes fusaient occasionnellement, depuis une fenêtre ouverte ou une voiture qui passait, des habitants crachaient par terre au moment du passage de la cohorte. Au bout d'une dizaine de minutes, ils commencèrent à voir les traces du combat qui se déroulait à quelques centaines de mètres, des fumigènes montaient dans le ciel, des bruits d'explosions se faisaient entendre, le chef de la milice se tourna vers ses hommes et leur annonça : Notre job commence ici les gars, on va mettre le bazar dans les rangs des racailles. Notre objectif, c'est de leur montrer que les Français ne se laisseront pas marcher sur les pieds. On évite au maximum de se disperser et on n'agit qu'en légitime défense. On ne tue que si on cherche à nous tuer, on assomme que si on cherche à nous assommer. C'est aussi bête que ça. Une fois que les racailles seront dispersées, j'irai parler au commandant des CRS. Vous êtes prêts ?

– OUAAAAIIIIIS !

– Alors on y va !

Ils reprirent leur marche vers l'épicentre des émeutes, leurs cœurs battaient à toute vitesse, un mélange d'adrénaline et de peur les envahissait. Leur instinct, encouragé par des décennies de pacifisme, les incitait à laisser faire l'État, à rentrer chez eux à l'abri. Mais ils avaient pris leur décision, aucun d'eux ne recula. Les cris et les bruits d'explosions liés aux grenades assourdissantes les entourèrent vite, dès que les premiers agresseurs les virent, ils coururent prévenir leurs congénères. Ils étaient au moins 300. Une partie d'entre eux se dispersa en courant, l'autre se dirigea tout de suite vers la nouvelle menace.

De leur côté, les CRS comprirent en un instant ce qui se passait, leur commandant ne prit que quelques secondes pour réagir, il fallait à tout prix qu'il évite un affrontement sérieux entre les deux groupes. Il déploya ses hommes qui suivirent leurs assaillants pour les prendre à revers.

Mohammed, l'un des *leaders* des jeunes des cités, hurla : « On les défonce, allez-y ! » Ils se ruèrent vers la milice, en quelques secondes ce fut un chaos inimaginable. Le combat se déroulait au corps à corps, aucun coup de feu ne fut tiré, mais la violence n'en était pas moins grande, des hommes s'écroulaient en sang, des os se faisaient fracasser. Au bout de quelques minutes, les CRS rejoignirent le lieu du combat et chargèrent le groupe des belligérants, le calme revint vite, les jeunes des cités fuirent et la milice déposa les armes. 9 morts et 43 blessés furent décomptés dont un tiers dans les rangs de la petite milice. Son chef, Bertrand, réussit à obtenir de discuter avec le commandant des CRS. Celui-ci était furieux.

– Qu'est-ce que vous foutez là avec vos armes ? Vous allez tous finir en taule !

– Nous avons fait cela pour vous soutenir Monsieur, vous étiez en difficulté et nous ne supportons plus que l'état de droit ne soit pas respecté, il était temps que des citoyens se mobilisent.

– Je vous fais emmener au poste. Je comprends ce que vous tentez de faire mais je ne peux pas vous laisser agir !

– Faites ce que bon vous semble, mais sachez que demain, à la même heure, un autre groupe de miliciens viendra ici. Ils seront 160 également, ils seront armés, et ils n'attaqueront personne, sauf en cas de légitime défense. Et le lendemain, un autre groupe sera là, et le jour d'après aussi. Nous sommes suffisamment nombreux pour nous relayer chaque jour pendant 15 jours, puis reviendra le premier groupe.

– Nous vous ferons tous embarquer !

– Non, car quand vous serez submergés par les émeutiers vous ne pourrez plus perdre de temps à contrôler vos alliés.

– Les gars, embarquez-moi ces gus, tout de suite!

***

Durant les jours qui suivirent, les émeutes s'amplifièrent, venant des cités et des banlieues chaudes, des centaines de morts et des milliers de blessés furent comptabilisés. Les CRS et la police étaient débordés tant par l'ampleur des émeutes que par leur violence. Les casseurs venus des cités pillaient, frappaient, brûlaient et tuaient.

En parallèle, des milices se formaient dans toutes les grandes villes, une sorte de coagulation s'était produite entre ouvriers historiquement d'extrême gauche et bourgeois conservateurs, entre petits patrons et petits salariés, entre agriculteurs et retraités. Leur point d'accord avait été la fiscalité excessive, c'était désormais la peur de l'invasion migratoire, de la violence et du terrorisme.

Maxime avait été l'un des précurseurs en la matière. Depuis Carhaix il avait réussi à mobiliser toute la Bretagne. Chauffeur routier depuis quelque temps, il était un adepte des réseaux sociaux et il avait du charisme, ce qui en avait fait l'un des responsables naturels du mouvement. La seconde assemblée citoyenne avait été un immense succès : en 24 heures ils avaient réuni près de 1 500 personnes. Il avait fait un rapide discours sur le projet de créer des milices de protection des citoyens pour faire face aux émeutes des cités qui menaçaient de déborder dans les autres quartiers. La réaction de la salle avait été unanime, même les maires des 8 villes les plus proches avaient levé la main pour voter favorablement.

De leur côté, les Natifs soutenaient le développement des milices partout où ils le pouvaient en relayant les appels à la formation de collectifs dans l'ensemble de leur réseau de bénévoles, employés ou adhérents. La force de frappe du mouvement était comparable à celle de la Manif Pour Tous, mais beaucoup plus radicale dans sa méthode. Les prises de contact se multipliaient entre ex-*leaders* des gilets jaunes, dirigeants associatifs, militants politiques, mais aussi élus locaux. Des centaines de maires de petites villes acceptèrent de se joindre au mouvement et prêtèrent des salles communales pour que s'organisent les réunions d'information et le ravitaillement des miliciens.

Plusieurs personnalités soutinrent le mouvement, y compris en Europe. Viktor Orban et Vladimir Poutine se fendirent de tweets de soutien, Matteo Salvini était allé jusqu'à faire une conférence de presse pour soutenir le mouvement du peuple, Donald Trump signifia également sa compréhension envers les manifestants. Louis de Bourbon posta une vidéo sur Facebook pour exprimer ses inquiétudes face à l'inaction gouvernementale. Il avait de plus en plus souvent pris la parole sur les réseaux ces dernières années, sa page Facebook avait récemment atteint le million de *likes* quand ses comptes Twitter et Instagram comptaient 800 000 *followers* à elles deux.

Criant au retour du fascisme et des ligues, les médias en appelaient à la responsabilité du gouvernement. Ce dernier, hébété face à la violence des émeutes et à la réaction populaire, était divisé. Trois groupes se constituèrent : ceux qui voulaient passer sous loi martiale et envoyer l'armée dans les banlieues, ceux qui appelaient à l'apaisement mais ne savaient pas comment faire et ceux qui hésitaient tout bonnement à fuir du gouvernement.

Emmanuel Macron était avec le chef d'état-major des Armées, le général Borelet, son chef d'état-major particulier l'amiral Rogel, son Premier ministre et son ministre des Armées :

– Vous pensez donc que la situation est inextricable en l'état ? Emmanuel Macron s'adressait à son CEMA.

– Oui, Monsieur le Président, nous faisons désormais face à 900 zones de conflit qui sont de véritables souricières. Y envoyer des hommes serait suicidaire, c'est une véritable guerre urbaine qui s'y joue. Nous avons recensé plus de 700 lance-roquettes et des milliers d'AK47. Cela sans compter les armes de poing. La seule solution est d'envoyer des blindés, seuls à même de protéger nos soldats.

– Et en combien de temps la crise pourrait être réglée ?

– Tout dépend de la latitude que vous me donnez. En cas de loi martiale, et avec l'assurance que vous me laisserez gérer l'intégralité du conflit, nous aurons pacifié la majeure partie des points chauds en 8 jours. Mais soyons clairs, il sera impossible de revenir en arrière et il y aura de nombreuses victimes, des militaires, des islamistes, mais aussi des civils innocents. La diffusion via les réseaux sociaux de nos actions ne fera que renforcer la détermination de nos ennemis qui sauront que nous les prenons au sérieux et que nous sommes prêts à aller au combat. Ce sera aussi leur cas. Ils n'hésiteront donc probablement pas à prendre des otages. Et nous ne pourrons pas céder.

– Amiral, qu'en pensez-vous ?

– Monsieur le Président, je dois ajouter un point dont vous avez connaissance mais qui est crucial, des dizaines de milliers de Français se regroupent au sein d'un groupe radical qui se fait appeler les Natifs. Ils ont commencé à former des milices armées dans une centaine de villes pour protéger leurs quartiers. Si jamais des émeutiers viennent à leur rencontre, ce sera incontrôlable. Ça s'est déjà produit de manière sporadique, les Natifs se contentent pour l'instant de faire de la provocation en restant en bordure des points chauds. Mais si des têtes brûlées vont plus loin, comme cela s'est passé à Bordeaux, en se rendant au cœur des émeutes, le même drame se reproduira, des Français tueront des Français.

– C'est donc d'une guerre civile que nous parlons.

– Oui. L'autre issue est politique, et elle repose sur vous. Si vous démissionnez, je vous suivrai, car la France ne pourra pas survivre à un nouvel échec dans sa tentative de restauration de l'autorité. Si vous démissionnez, c'est que je n'aurai pas su vous convaincre de l'urgence que nous avions à déclarer la loi martiale.

Macron était blême.

« Ça va Emmanuel ? » la demande venait de son Premier ministre.

– Je ne sais pas Valérie, les scénarios sont tous effroyables.

Il avait déjà pris sa décision, et Valérie Pécresse le comprit à ce moment-là.

***

Le lendemain, 10 heures

Paris était totalement bloquée, des dizaines de milliers de véhicules affluaient depuis la veille pour participer à la manifestation des Natifs. Ils venaient de partout, Vendée, Gironde, PACA, Pas-de-Calais ou encore Jura. Le cortège était totalement hétéroclite, artisans, commerçants, bourgeois, bonnets rouges, gilets jaunes, identitaires, élus locaux de tous bords, ouvriers, agriculteurs… et même des militaires et des policiers, ce qui était une première. Le ministère de l'Intérieur estimait secrètement à trois millions le nombre de manifestants potentiel.

La police et la gendarmerie étaient totalement dépassées car, au-delà de cette masse innombrable, elle devait faire face aux émeutiers venant des cités qui avaient envahi les 18, 19 et 20e arrondissements. Ils brûlaient tout, voitures, poubelles, boutiques et attaquaient avec une violence inouïe les forces de l'ordre. La manifestation des Natifs avait été interdite mais il était impossible de bloquer tous les accès parisiens. Ainsi, sur l'A13, le barrage avait créé un bouchon de plusieurs dizaines de kilomètres. Les manifestants avaient fini par abandonner leurs véhicules et avaient continué leur trajet à pied par des chemins détournés pour rallier le cortège. Celui-ci devait démarrer à 16 heures sur le Champs de Mars. L'effet était saisissant, il y avait tellement de monde qui convergeait vers le point de ralliement que Paris tout entière semblait être en train de manifester. Les accès avaient d'abord été bloqués par des compagnies de gendarmes mais les manifestants, exaspérés, avaient fini par forcer les barrages. L'Élysée ne donnant pas de directives, les gendarmes avaient cédé et trois accès avaient finalement été ouverts. Les émeutes du nord de Paris continuaient, quant à elles, à amplifier, quatre arrondissements étaient dans une situation de quasi-guerre.

À 19 heures, l'affluence étant à son comble, Guillaume de Prémare prit la parole du haut d'un podium immense. Sa décision était prise, l'ensemble du collectif avait donné son accord, il ne dirait que quelques mots :

« Chers amis, chers concitoyens, chers Français, je ne vais pas vous faire de grands discours. Nous savons, vous et moi, pourquoi nous sommes là, et ils le savent aussi. Alors plutôt que des mots, faisons passer un message : nous allons à l'Élysée demander la démission d'Emmanuel Macron, et nous n'en partirons pas tant que nous n'aurons pas gain de cause, tous à l'Élysée, suivez le grand étendard ! ».

La foule devint comme folle, les manifestants étaient hallucinés de l'audace des organisateurs de la manifestation. Ils virent soudain un gigantesque drapeau français être hissé sur un mat, lui-même posé sur un camion. Celui-ci démarra et se dirigea lentement vers l'Élysée.

***

Bastia, quartier sud, le même jour

Franck se baissa juste à temps, une balle passa au-dessus de sa tête et vint se loger dans la cuisse de l'un de ses camarades qui tomba en hurlant. Elle venait des HLM qu'ils cherchaient à conquérir, les habitants de la cité étaient armés et entraînés, mais les Corses l'étaient aussi. Le combat durait depuis une demi-heure, une partie de la banlieue était désormais sous contrôle de la jeunesse corse, mais les islamistes et les musulmans radicaux s'étaient retranchés dans deux HLM dont il était presque impossible de s'approcher tant les tirs étaient nourris. Franck regarda autour de lui, près de 1 500 Corses étaient rassemblés, un groupe de taille similaire évacuait la banlieue chaude d'Ajaccio. Il n'en revenait pas de la vitesse avec laquelle tout s'était passé. Quelques jours auparavant, seuls quelques amis et lui s'étaient réunis pour essayer de trouver un moyen de bouger les lignes. Dès le lendemain, des contacts avaient été pris dans toute la Corse avec un seul mot d'ordre : unité face à l'invasion maghrébine. Et ça avait pris, à une vitesse effarante, des groupes whatsapp avaient été mis en place, plus de 4 000 Corses y participaient par petits groupes. Un état-major s'était mis en place pour organiser ces groupes et faire passer des messages communs à travers les réseaux. En quelques heures, il avait été décidé d'envahir les cités chaudes pour en chasser les islamistes. Quand certains avaient demandé comment reconnaître les radicaux des musulmans pacifiques, la réponse avait fusé : « C'est simple, ceux qui fuient c'est les gentils, ceux qui tirent c'est les terroristes. » Cette réponse avait suffi, sur les 4 000 membres, près de 3 000 voulaient passer à l'action.

Et ils en étaient là, Ajaccio semblait désormais sous contrôle, la police et la gendarmerie étaient pour le moment dans l'observation. À Bastia, près de 200 islamistes étaient morts et 70 étaient prisonniers, les familles qui avaient fui la guerre civile avaient été prises en charge par un second groupe qui ne voulait pas combattre directement mais était prêt à soutenir pacifiquement le mouvement, ils avaient rassemblé les familles dans une école et ils attendaient les instructions du chef.

Et ce chef était Franck. Venu du continent des décennies plus tôt, il avait fini par être apprécié par les locaux qui l'avaient adopté. Le fait qu'il n'ait pas d'historique familial dans le pays avait fini par convaincre les nationalistes qu'il pouvait être un chef apartisan. Il n'avait rien demandé, et c'est pour cela qu'ils l'avaient choisi et maintenant sa responsabilité était immense.

Un homme hurla : « Attention, grenade ! » Tout le monde se baissa, la grenade explosa à quelques mètres du muret derrière lequel étaient retranchés les nationalistes. Franck savait qu'il devait à tout prix bouger ses hommes mais il avait trop peur d'en perdre. Ses années d'engagement militaire lui revinrent, ses premières opex, son intégration dans l'élite des commandos marines, le commando Hubert, ses opérations au Mali, en Syrie, au Liban quand ce dernier était devenu la proie d'un islam radical… Il se reprit.

– Éric, emmène ton groupe à l'est du HLM, ramping. Ne vous faites pas voir. Nerio, tu pars à l'est. Il faut à tout prix que vous l'atteigniez sans vous faire voir, on va faire une énorme diversion d'ici, il faut qu'ils soient persuadés que nous chargeons. Je vais balancer les fumigènes en couverture pour vous permettre d'avancer. De notre côté, nous allons faire semblant de foncer sur eux. Pat, tu vas nous couvrir en dézinguant tout ce que tu peux depuis ici avec tes 200 gars. Il nous faut un tir de barrage ultra-nourri, sinon nous allons nous faire tirer comme des lapins. Vérifie bien que chaque gars ait un chargeur plein, ils n'auront pas le temps de recharger. OK?

Les trois chefs de groupe acquiescèrent, ils étaient tous conscients que la charge de Franck et de ces hommes coûterait des vies, ils devaient à tout prix atteindre leur objectif sans quoi leur sacrifice serait vain.

Franck s'adressa à ses hommes en hurlant.

– Les gars, on va charger ces fils de pute OK? On est 10 fois plus nombreux, il faut y aller maintenant, pour la Corse, pour la Corse libre, vos enfants vous regardent, vos parents vous regardent, la France vous regarde, ces enfoirés cachés dans leur cité vous regardent. Vous êtes prêts? Il répéta, plus fort encore: Est-ce que vous êtes prêts?

Un hurlement sauvage, bestial, lui répondit. Franck se tourna vers l'objectif, il balança deux fumigènes, il attendit une minute sous les acclamations de ses hommes, il se leva et il courut en hurlant et en vidant son chargeur.

Le bruit était insupportable, des centaines d'armes se vidaient en direction du bâtiment, des grenades jetées depuis la tour explosaient partout telles des mines, les hurlements des blessés remplissaient l'air de leurs supplications.

Franck avait parcouru la distance nécessaire, il

n'était toujours pas touché, il se retourna et courut vers le muret, seul espace de protection, en criant: « On recule, on recule, les gars. » La distance lui semblait énorme. Les impacts de balles se faisaient rares, le tir de barrage de ses camarades faisait le travail. Il courut à en perdre haleine, il se sentit poussé en avant par un choc dans le dos. Il lui restait à peine 10 mètres à parcourir. Soudain, le sol se jeta sur lui, pendant un instant il ne vit plus rien, il était seul, dans le noir.

« Franck... Franck! » Il ouvrit les yeux, la lumière l'aveugla. Il était à terre, ses hommes l'entouraient.

– Tu as été touché Franck, mais c'est fini, on les a eus ces raclures. La balle t'a touché dans le dos mais tu vas t'en sortir, on a appelé le doc.

Franck sourit, puis il s'évanouit.

***

Route de Paris, au départ d'Angers

Le cortège avançait lentement, interminable. Plus de 3000 véhicules se suivaient en une file presque continue. Tout le long, de nombreux vélos, scooters et motos accompagnaient les manifestants. Le convoi était silencieux, presque religieux. L'arsenal dont disposait l'armée en marche était majoritairement composé de fusils de chasse et de clubs de golf.

Maxime était dans l'un des véhicules, accompagné d'un jeune curé, le Père Édouard, qui avait voulu accompagner ses ouailles à Paris. Le rendez-vous avait rassemblé 10 000 personnes qui avaient décidé de partir ensemble pour la capitale, le départ avait été lancé à 8 heures du matin. Le cortège avançait au pas pour ne perdre personne et pour faire effet de masse. Il avait créé un gigantesque embouteillage et les véhicules qui ouvraient la voie avaient donc une autoroute vide devant eux.

Maxime était dans l'un des véhicules de tête. Il se rendit compte que le cortège ralentissait. Il regarda et aperçut non loin la première voiture qui semblait s'être arrêtée. Il se demanda ce qu'il se passait lorsqu'il entendit une voix dans la radio qu'il portait à la ceinture.

– Appel à tous, appel à tous. Un barrage nous fait face. Merci de ne pas descendre de vos véhicules.

Maxime se demanda qui avait pu s'amuser à bloquer l'autoroute en quelques heures, le barrage paraissait composé de barricades et de pneus. L'État ? Impossible il était submergé. Les antifas ? Les trois-quarts avaient fini par rejoindre les Natifs quand ils avaient vu la vague d'attentats s'abattre sur la France, le quart restant était terré chez lui. Alors qui ? La seule option semblait être la plus redoutable : des islamistes. Combien ? Quelles étaient leurs intentions ?

La voix retentit à nouveau dans la radio.

– Nous allons devoir nous rendre sur place. Nous demandons à Maxime de nous rejoindre à l'avant du cortège.

Le Père Édouard descendit du camion et suivit Maxime, il était certain qu'il s'agissait d'un piège, il était en soutane et il espéra de toutes ses forces que cela le prémunirait des balles. Non qu'il s'attendît à un quelconque miracle, il ne méritait pas cela, mais plutôt qu'il espérait que les combattants reconnaîtraient son habit de prêtre et n'oseraient pas tirer sur un homme d'Église. Il savait cependant qu'il serait plutôt une cible de choix pour un tireur isolé mais il refusa d'y penser. Il avança lentement jusqu'à la tête du cortège

Ils marchèrent en silence, craintifs, effrayés même. Ils s'attendaient tous à entendre le retentissement d'une détonation. Mais rien ne vint, pas un bruit, pas un cri, pas un tir. Arrivés à une dizaine de mètres de la barricade, ils prirent conscience de l'horreur qui s'offrait à leurs yeux. La barricade faisait 3 mètres de haut, des palettes, des pneus, des sacs de ciment la composaient, mais aussi des corps en décomposition. La vision était ignoble. Un bras pendait, grotesque, au milieu de la structure, un pied dépassait à son sommet. La barbarie dont avaient fait preuve les islamistes était sans nom, le Père Édouard était certain que ces personnes avaient été attaquées dans un petit village du coin, sans défense. Le jeune officier se retourna vers lui, blême, et murmura : « C'est une embuscade, nous sommes tombés dans un piège, courez. COUREZ !!! ».

Ils étaient observés, sans le savoir, par un groupe d'une centaine de musulmans intégristes. De chaque côté de l'autoroute, cachés derrière les buttes qui l'encadraient, ils attendaient, l'arme au poing, prêts à frapper leurs ennemis.

***

Amin était inquiet. Il était couché derrière la butte qui longeait l'autoroute. Il n'était qu'à quelques dizaines de mètres des véhicules. Il s'était préparé depuis longtemps à sa mort, mais là, il y allait y avoir une véritable bataille rangée, c'était certain. Il savait que l'armée qui venait était cent fois plus nombreuse que sa maigre troupe. Moins de 100 hommes l'accompagnaient. Il allait mener l'assaut contre les chrétiens et il en entraînerait le plus possible dans la mort.

Son bras droit l'interpella.

– Chef, qu'est-ce qu'on fait ? Je demande à Karim de les tuer ?

Amin hocha la tête pour lui faire comprendre que c'était trop tôt. Il regarda les trois hommes s'approcher de la barricade. Il admirait leur courage. Il ne voulait pas que ceux-là meurent les premiers. D'autant qu'assassiner lâchement un prêtre ne ferait que rendre les troupes ennemies encore plus dangereuses. Le problème était que la tête du cortège s'était arrêtée à plus de 200 mètres de la barricade. Les hommes d'Amin étaient donc pour une bonne partie devant le cortège. L'impact de l'assaut serait moindre car il leur faudrait courir sur cette distance à découvert avant d'entrer au contact, ce serait un massacre.

Il vit le trio s'approcher de la barricade et comprendre. Il se leva, se prépara à hurler son ordre, mais un coup de feu l'en empêcha. Il ne comprit que lorsque la balle pénétra ses côtes. Il s'effondra en hurlant. C'est lui qui avait été piégé.

***

Tête du cortège, à 200 mètres de la barricade

Samuel vit l'homme, le chef de ses ennemis probablement, s'effondrer. Il avait visé juste avec son *sniper*. Il sourit. Des centaines de soldats s'étaient déployées, quelques kilomètres auparavant, sur les côtés de l'autoroute. Ils avaient repéré les islamistes mais n'avaient pu voir la barricade à cause de la butte qui entourait la voie rapide. Ils avaient donc prévenu la tête du cortège qui avait fait semblant de tomber dans le piège. Il ne lui restait qu'à espérer que ses troupes ne se feraient pas repérer d'une part, et que les assaillants attendraient le plus longtemps possible avant de passer à l'assaut de l'autre.

Heureusement, tout s'était passé au mieux. Le chef du cortège l'avait stoppé bien en amont du barrage pour ne pas être encerclé.

Les musulmans avaient attendu que ses trois hommes arrivent au pied de la barricade pour lancer l'assaut. Cette erreur les avait tués. Ils furent rapidement encerclés, en quelques minutes le combat prit fin.

Le père Édouard, qui n'était absolument pas au courant de l'encerclement de l'ennemi par les troupes, fut effaré de l'efficacité des soldats bretons. Une fois le combat terminé, il se rendit avec des civils sur le lieu du massacre. Des dizaines de cadavres jonchaient le sol, mais presque aucun d'entre eux ne faisait partie de ses hommes. Il aperçut au loin le corps de l'homme qui était tombé en premier, il se doutait qu'il s'agissait de leur chef. Il alla le voir de plus près. L'homme était encore en vie. Le père Édouard s'agenouilla, lui prit la main, et le soldat musulman la lui serra. Il était à deux doigts de mourir, ses yeux étaient emplis de frayeur. Le père Édouard lui parla :

– Comment t'appelles-tu ?

– Amin. Qui es-tu ?

– Je suis un prêtre catholique. Je vais prier pour toi, pour que tu ailles au paradis des chrétiens.

– Pourquoi pries-tu pour ton ennemi ? Mon objectif était de tuer le plus possible de tes frères d'armes. Nous sommes ennemis. Va prier pour tes frères.

– Non. Je vais prier pour toi. Je ne différencie pas mes ennemis de mes amis, surtout dans la mort. Au nom du Père, du Fils et du Saint-Esprit. Seigneur, accueille Amin auprès de Toi. Pardonne-lui ses fautes, ses offenses, accueille-le, je T'en prie.

Le souffle du mourant se transformait en râle. Son

heure approchait. Il regarda le père Édouard d'un air suppliant et lui dit :

– Pourquoi ton Dieu m'accueillerait au paradis alors que je combats les siens ?

– Dieu t'accueillera au paradis si tu Lui demandes de te pardonner. Il est le Dieu de tous car Il est tout. Il ne discrimine personne, seuls les hommes discriminent pour Lui. Choisis-Le et tu iras au paradis. Demande pardon pour le mal que tu as fait.

– Allah commande de tuer les infidèles, je n'ai fait qu'obéir à mon Dieu, rien d'autre.

– Alors ton Dieu n'en est pas un, comment pourrait-Il être aimable s'Il n'aime pas tous les hommes ? Comment pourrait-Il t'aimer plus qu'un autre homme, toi qui tues tes frères ? Je n'ai jamais levé la main sur qui que ce soit, je n'ai jamais insulté personne, j'ai toujours aidé les autres et fait en sorte qu'ils aillent mieux, sans distinction de religion, de nationalité, de race. Et tu me dis que ton Dieu voudrait que tu me tues ? Au nom de quoi ? S'Il existe, alors ton Dieu est en fait le mien. Nous ne croyons pas au même Dieu car tu as une mauvaise vision de ce qu'Il est. Dieu n'est qu'amour, Il a envoyé son fils Jésus-Christ pour te dire qu'Il t'aime. Il est là pour toi, à côté de toi. Il est mort pour toi, Il s'est sacrifié pour toi, Il t'aime Amin.

– Comment pourrait-Il m'aimer, moi qui ne L'aime pas ?

Sa voix s'affaiblissait de minute en minute. Le

père Édouard lui répondit : Je t'aime et pourtant tu ne m'aimes pas. Il en va de même pour Dieu.

– Tu ne me connais pas !

– Je t'aime parce que tu es à l'image de Jésus et que je L'aime.

– Je ne comprends pas…

Une larme roula sur sa joue, il ferma les yeux un moment.

Quelques secondes plus tard, il les rouvrit et dit :

– Si je lui demande pardon, penses-tu que ton maître m'accueillera au paradis ?

– Oui, mon fils, répète ces paroles après moi. Notre père, qui es aux cieux, que Ton… Le jeune musulman tendit la main d'un geste désespéré. Le père Édouard ne comprit pas tout de suite. Il se retourna au dernier moment et ne put éviter la dague qui fondait vers lui. Il tomba sur le corps d'Amin. Un moribond, dans un ultime geste de haine, lui avait planté un poignard dans le dos. Amin murmura :

– Pardon, pardon… Le père Édouard, pleurant doucement, lui dit dans une ultime parole :

– Ce soir, nous serons aux côtés de notre Père et nous prierons ensemble pour ce monde qui souffre.

Leurs regards s'éteignirent presque simultanément, ils moururent la main dans la main.

***

Le lendemain, 20 heures, près d'Avignon

La maison secondaire de mes parents avait tout d'un petit paradis, située à cinquante kilomètres d'Avignon, elle se situait au sommet d'une colline qui l'exposait au mistral mais lui offrait une vue imprenable sur la région. Je m'étais réfugié avec ma mère dans cette immensité de calme. J'avais reçu un courriel d'un *manager* de Mc Kinsey qui m'avait annoncé que le télétravail était recommandé pour tous les salariés en attendant que la situation se normalise. J'en avais profité pour prendre le premier train dans l'espoir que le cadre m'aiderait à profiter d'une déconnexion dont j'avais besoin.

La maison, immense, était équipée d'une piscine, d'un boulodrome, d'un tennis, le tout entouré de vignes et de pins. Je n'avais jamais compris pourquoi mes parents avaient acheté une si grande bâtisse. Après tout, j'étais fils unique. Peut-être avaient-ils eu le projet secret de fonder une famille plus grande du temps où ils s'aimaient ? J'en doutais, je crois plutôt qu'il s'agissait encore et surtout d'épater leurs amis. J'étais devant la télévision avec ma mère et son jardinier, nous regardions son écran 4K *full led* à 9 000 €. Au vu du temps que passait ma mère devant la télévision, plusieurs heures par jour, il lui avait été nécessaire de faire un tel investissement. Nous suivions les informations, les émeutes dans les cités se poursuivaient à travers tout le pays avec des revendications bidons telles que, pêle-mêle, plus de justice, plus de mosquées, l'arrêt de la discrimination, plus de budget aux associations, plus d'écoles coraniques, etc. Le tout sur décors de voitures brûlées par milliers, d'immeubles en ruine, de commissariats envahis…

Patrick, notre jardinier, faisait partie de ces Français qui avaient fui les banlieues des grandes villes avec sa famille quelques années auparavant. D'une part, il n'avait plus les moyens d'y habiter, mais en plus, sa banlieue était devenue, comme la plupart des banlieues populaires proches des agglomérations, un sas d'entrée pour les migrants. On y trouvait plus un seul blanc et il avait du mal à le supporter. Il avait donc quitté son quartier pour une petite ville, ou plutôt un gros village à mes yeux, à côté de l'Isle-sur-la-Sorgue, dans laquelle il retrouvait des personnes avec qui il partageait une culture et quelques idéaux communs. Ce n'était pas Byzance, le chômage y grimpait à un niveau effarant, le centre-ville était quasiment vidé de ses commerces. Le maire avait cependant fait en sorte de maintenir un semblant d'activité. Le curé arrivait à faire venir un peu de monde dans son église grâce à son dynamisme et à celui de ses quelques bénévoles.

Maxime et sa femme avaient trouvé un équilibre qui leur convenait. Il n'était pas croyant, mais il se disait catholique, probablement par réaction au sentiment d'insécurité culturelle dont il avait souffert. Il avait besoin de retrouver un enracinement, et cela y participait. Son air bourru cachait un père de famille qui donnait tout pour que ses enfants aient un meilleur avenir que lui. Il en avait deux, ce qui était trop pour son maigre salaire.

Le journal débuta :

– Madame, Monsieur, bonsoir. À la une aujourd'hui, les manifestations dans les grandes villes françaises se sont généralisées à l'ensemble du pays. Près de 5 millions de personnes sont actuellement dans les rues de près de 950 villes et communes en France. Plusieurs milliers de morts sont à déplorer du côté des émeutiers dans les banlieues suite à l'attaque de commissariats, du côté des forces de l'ordre on compte près de 450 blessés. De leur côté, le collectif des Natifs continue de bloquer la totalité des Champs-Élysées ainsi que la place de l'Étoile. Des milices citoyennes bloquent également les préfectures et les mairies de dizaines de grandes villes, plusieurs centres des impôts ont également été vandalisés.

Nous accueillons ce soir notre Président de la République. Bonsoir Monsieur le Président.

– Bonsoir Madame.

– Vous avez tenu à venir vous exprimer devant les Français ce soir, je vous laisse donc la parole.

– Merci. Mes chers compatriotes, je viens ce soir vous annoncer que je ne peux pas continuer à exercer le mandat que vous m'avez accordé. Les conditions à l'établissement d'une paix sociale durable ne sont plus réunies et je me refuse à être le prétexte au déclenchement d'une guerre civile.

J'avais deux solutions: déclarer la loi martiale ce qui aurait inéluctablement entraîné la mort de milliers de nos compatriotes ou laisser la place à un autre. J'ai choisi la seconde solution pour épargner à notre pays un retour à des heures bien sombres.

J'ai donc le regret de vous annoncer que mon échec me conduit au départ. Ce n'est ni l'échec de mon gouvernement, ni celui de notre administration, ni celui de nos forces armées. La France me survivra, et elle survivra à ceux qui veulent la détruire, qu'ils soient islamistes ou d'extrême droite. Car, ne vous y trompez pas, l'enjeu des mobilisations en cours est bien de déstabiliser notre république pour instaurer pour les uns une dictature islamique, pour les autres un régime autoritaire néofasciste.

Mon départ donnera lieu à de nouvelles élections qui apaiseront, j'en ai la certitude, la situation. Je vous annonce par ailleurs que le président du Sénat refuse d'assurer l'intérim qui suivra mon départ, j'ai donc chargé le conseil des ministres de choisir lequel d'entre eux sera à même de diriger le pays durant les prochaines semaines.

Vive la République, vive la France.

Ma mère pleurait doucement en me serrant le bras.

– Mais qu'est-ce qui va se passer maintenant? On ne peut plus rentrer à Paris, c'est la guerre civile qui se prépare. Je la regardais, étonné. Pour la première fois de sa vie, elle faisait preuve d'un peu de discernement. Je regardai de nouveau vers l'écran, la caméra se tourna vers la présentatrice dont le visage ne reflétait plus qu'étonnement :

– Notre envoyée spéciale à Matignon va nous rendre compte de la situation sur place. La porte du bureau du Premier ministre apparut à l'écran, une jeune journaliste était juste devant, le micro aux lèvres. Je me trouve donc devant le bureau où l'ensemble des nouveaux ministres s'est réuni. Nous attendons la fin des délibérations qui semblent avoir été houleuses et…

La porte du bureau s'ouvrit soudainement laissant passer un cadre de La République en Marche, rouge de colère qui hurlait : « C'est scandaleux, ils ont choisi le pire, le pire ! » Et il partit, ses bras s'agitant dans tous les sens. D'autres ministres sortirent du bureau, solennellement, l'un d'eux, de LREM, s'exprima auprès des journalistes.

– Nous avons choisi notre Premier ministre. C'est le ministre de l'Intérieur qui a été retenu. Je vais laisser ce dernier se présenter à vous. Il recula et se fondit dans le groupe derrière lui. Un homme sortit du bureau.

La caméra se tourna vers le nouvel arrivé. Christophe Castaner prit alors la parole.

– Merci, Messieurs les ministres, pour votre confiance. Je vais être bref. J'en appelle à tous les citoyens français : cessez vos émeutes, n'écoutez pas les extrémistes qui veulent importer la guerre sur notre territoire. Rentrez chez vous et mobilisez-vous pour les prochaines élections. Ce n'est que par la voie démocratique que la France trouvera une sortie à cette crise. Je demande également à l'armée, en signe de paix, de se retirer et de laisser nos citoyens se calmer. Aucune poursuite ne sera engagée contre ceux qui rentreront chez eux dans l'heure. Je ne vais pas faire de longs discours dans l'immédiat. J'ai appris, il y a quelques minutes seulement, que j'étais appelé par le gouvernement pour assurer une transition pacifique. Je ferai tout ce qui est en mon pouvoir pour faire respecter notre tradition démocratique.

J'étais sidéré, si les extrémistes étaient parvenus à faire tomber notre Président, dans un pays où les institutions sont parmi les plus solides au monde, alors c'était la fin de la démocratie.

***

Champs-Élysées, 20 h 05

Maxime était monté en haut d'un feu rouge pour essayer de voir ce qu'il se passait au loin, des fumigènes avaient explosé et des mouvements de foule étaient perceptibles. L'anarchie la plus complète semblait régner au niveau du jardin de l'Élysée lui-même. L'avenue était submergée de monde. Maxime avait été bloqué tout en bas de l'avenue avec ses hommes, ils avaient marché trois heures dans Paris pour atteindre la place de la Concorde et ils avaient commencé à remonter les Champs. Il savait que la plupart des organisateurs seraient dans le coin : Alexandre lui avait donné rendez-vous.

Il aperçut au loin le symbole du ralliement des organisateurs : un drapeau breton doublé d'une croix de Lorraine. Il fit signe à deux des coorganisateurs de l'Ouest de le suivre. Ils se faufilèrent à travers la foule en liesse saisissant des bribes de conversation ou des slogans tout au long du trajet qui allaient tous dans le même sens : les manifestants voulaient soumettre le gouvernement, ni plus ni moins.

Après une demi-heure de traversée, ils parvinrent au point de rendez-vous, des bénévoles en charge de la sécurité bloquaient les accès à l'espace réservé aux organisateurs de la manifestation, un restaurant haut de gamme situé au début de l'avenue Matignon. Ils furent vite reconnus par l'un de leurs camarades normands, un gros bonhomme débonnaire qui respirait la gentillesse et qui parlait sans cesse, il les fit entrer.

– Quel bazar incroyable ! Vous venez d'arriver ? Il paraît que ça commence à péter au niveau de l'Étoile. Remarquez ça m'étonne pas, les Bretons étaient là-bas, et ils sont particulièrement remontés. Si ça continue comme ça, il va y avoir des morts. En même temps, Macron mérite de tomber, il a rien foutu d'efficace à part la gestion de crise du Coronamachin, mais bon c'était y'a sept ans déjà. Enfin bon, je suis pas pour la révolution, mais quand même…

Tout en parlant, il amenait ses trois amis vers des tables autour desquelles le centre de l'attention semblait tourné. Maxime aperçut une partie des responsables nationaux des Natifs, il se demanda lequel était Alexandre.

L'un d'eux s'adressait à toute la table :

– Nous avons gagné les amis, Macron vient d'annoncer sa démission au JT !

– OUAIIIISSSS !!!

Maxime n'en revenait pas, ils avaient gagné. Enfin, Macron abandonnait ! Enfin ils étaient écoutés ! Il embrassa ses amis et alla faire connaissance avec d'autres chefs des Natifs. Le responsable du Nord lui raconta que lui aussi avait dû se battre contre des racailles un peu avant Paris, il avait perdu une vingtaine d'hommes. Celui du Sud-Est n'avait rencontré aucune résistance mais il avait vu plusieurs compagnies de CRS qui avaient « posé le casque » et qui semblaient ne plus obéir aux ordres du gouvernement. Après quelques heures à discuter avec les uns et les autres, il remarqua un jeune homme qui avait l'air au centre de l'attention et qui était concentré sur son ordinateur. Il était entouré de plusieurs responsables politiques et associatifs. Il finit par lever les yeux vers son entourage et Maxime entendit : « C'est fait, on peut y aller. » Une seconde plus tard, son téléphone vibrait, il avait reçu un mail.

***

De : Alexandre, des Natifs
À : Collectif Natifs
Objet : La suite…

Chers amis,

La victoire est acquise, nous avons atteint notre premier objectif, la chute d'Emmanuel Macron.

Ne crions cependant pas victoire trop vite, le plus dur reste à faire. Nous allons probablement assister à un combat hors norme pour la conquête du pouvoir, les partis en place vont devoir se mobiliser en quelques semaines pour faire élire l'un des leurs.

Nous vous proposons de produire notre propre candidat. L'enjeu n'est pas de transformer notre collectif en un parti, nous devons agir par la société civile. Nous vous proposons donc de choisir le plus rapidement possible le candidat qui nous représentera le mieux et qui sera le plus proche de nos valeurs. Une fois ce candidat choisi, nous vous proposons de lui mettre à disposition toutes nos sources de financement, nos bénévoles sur le terrain, nos forces sur le digital, une équipe de campagne et nos réseaux. Nous devrons agir très vite car les différents partis vont bientôt annoncer qui les représentera, nous devons les prendre de vitesse.

C'est pourquoi nous vous proposons de voter via le sondage ci-dessous pour le candidat qui correspond le mieux à vos attentes. Chacune des personnes proposées a été contactée directement par moi-même et est d'accord pour se lancer à la conquête du pouvoir si elle est choisie.

Plus important encore, chacune d'elle s'engage à soutenir le candidat que nous retiendrons. Je vous ai également donné la liste de ceux qui ont refusé d'être candidat pour que vous compreniez que nous avons proposé à tous ceux qui nous semblaient être potentiellement éligibles.

Nous vous donnons jusqu'à demain minuit pour produire vos réponses puis nous lancerons, le lendemain, nos premières actions pour le faire élire.

Pardonnez ces délais très courts, je suis évidemment disponible si vous avez besoin d'informations complémentaires,

Amitiés,

Alexandre

– II –
Le plébiscite

Trois jours plus tard

Les élections étaient fixées à avril, ce qui laissait un délai d'à peine deux mois aux candidats pour se faire connaître. Le séisme politique provoqué par la démission d'Emmanuel Macron n'avait pas seulement bousculé son parti. Tous étaient ébranlés par les implications induites par la soumission du Président au peuple. Le Rassemblement National était en pleine guerre interne car les sondages ne le favorisaient pas et Marine le Pen n'arrivait plus à trouver sa place sur la scène médiatique. Les caciques Républicains s'écharpaient pour représenter leur parti. Les plus centristes, Pécresse en tête, avaient rejoint LREM des mois auparavant. Seuls restaient les élus conservateurs, dont Wauquiez avait réussi le tour de force de reprendre la tête. Il était plébiscité par les adhérents malgré le manque de sincérité que lui prêtait le corps électoral dans son ensemble. Il cherchait donc à devenir le candidat de LR malgré une opposition féroce de la part de certains de ses anciens soutiens.

Mélenchon était inaudible et ses sbires aussi du fait de leurs positions pro-immigration dont plus grand monde ne voulait, si ce n'est quelques bobos des quartiers riches. Les socialistes avaient disparu de la scène politique, plus personne n'était capable de se rappeler qui en était le chef. La République en Marche était laminée par la démission de son fondateur mais Castaner se trouvait paradoxalement en position de force puisqu'il n'avait personne pour lui faire face et qu'il était aux commandes du pays et des institutions.

Il avait annoncé qu'il appelait le président du Conseil Français du Culte Musulman, Mahmoud Samas, à devenir porte-parole du gouvernement. À la surprise générale, les émeutes s'étaient calmées le soir même de cette annonce. Des centaines d'imams avaient appelé à la paix et au calme, relayant efficacement l'appel du chef du gouvernement par intérim et de son porte-parole. Pour autant, la police et la plupart des services publics quittèrent tout bonnement les zones les plus chaudes, si bien que près de 900 quartiers furent secrètement considérés comme zone de non-droit par le gouvernement. Aucun média ou presque n'en parla, d'une part pour ne pas provoquer une recrudescence des violences, d'autre part car le politiquement correct leur interdisait de montrer que ces quartiers étaient maintenant clairement tenus par des islamistes radicaux.

La seconde surprise fut que Castaner décida de se présenter aux élections présidentielles presque immédiatement après son arrivée au pouvoir, en annonçant, dès le début, son intention de prendre Samas comme Premier ministre. Il fut très vite appuyé par les partis de gauche : communistes et socialistes se rallièrent au duo qui alliait les qualités requises à leurs yeux : ouverture d'esprit, symbole de l'égalité des chances, de la fin des discriminations, de l'accueil de la différence. Samas était d'ailleurs fils d'un simple ouvrier et d'une femme au foyer. Il était donc la preuve parfaite que l'ascenseur social n'était pas en panne et qu'une intégration réussie pouvait être possible.

La troisième source de stupéfaction fut que Louis de Bourbon, pour la première fois de sa vie, se rendit visible dans une campagne présidentielle. Il avait toujours refusé de prendre part à ces échéances nationales pour la simple raison qu'il ne pouvait décemment pas être républicain. Mais, à circonstances exceptionnelles, choix exceptionnels : il avait décidé, avec son équipe, de donner un rendez-vous hebdomadaire d'une trentaine de minutes pour donner son avis sur la situation du pays et les élections en cours. Sa première vidéo qui traitait du « regard d'un patriote sur l'état de la nation » avait été suivie par plus de 100 000 personnes. Un journaliste d'ITélé l'ayant remarqué, il fut interviewé sur la chaîne et put ainsi exprimer son inquiétude quant à la solidité du régime en place. Pour la première fois depuis longtemps, un monarchiste donnait son point de vue sur une élection républicaine.

Les candidats de droite étaient, quant à eux, légion. Quatre caciques républicains se disputaient la première place, persuadés que la chute de Macron leur laissait tout l'espace politique : Nicolas Dupont-Aignan, Marine Le Pen, Laurent Wauquiez, et... Bruno Le Maire. Tous pensaient avoir une chance dans la course à la conquête du pouvoir et chacun se sentait légitime à représenter l'opposition à Castaner et à son nouveau bras droit.

***

Bureau politique des Républicains, 8 h 30

– Va te faire foutre Guillaume, tu ne représenteras jamais les Républicains, tu ne représentes personne d'ailleurs. C'était l'un des bras droits de Laurent Wauquiez qui s'exprimait. Si tu veux quitter le navire, vas-y, on ne te retient pas. Et qui t'aime te suive, ça évitera les trahisons en pleine campagne. Sarko en a fait les frais avec NKM et tous les lâches qui l'attaquaient en douce pendant la campagne de 2012. On ne fera pas la même erreur, soit tu le soutiens à 100 % soit tu t'en vas.

– Vous savez tous que je ne soutiendrai pas Laurent, il n'est plus crédible ni audible, il est bien plus proche de Le Pen que de notre famille politique. Je n'hésiterai pas une seconde à me présenter contre lui.

– Guillaume, tu as attaqué Bellamy le lendemain

de sa défaite aux européennes. Son corps était encore chaud que tu reniais déjà toutes ses positions, positions que tu avais défendues bec et ongles pendant des années. Le seul qui n'a ni crédibilité ni légitimité dans cette pièce, c'est toi.

Le bureau politique était composé d'une quarantaine de membres des Républicains dont les deux tiers soutenaient désormais Laurent Wauquiez. Ce dernier était retenu dans sa région. Aucun autre *leader* n'avait réussi à émerger depuis 2019.

Brice Hortefeux reprit la parole.

– Juste une info, il y a une énorme pétition qui est en train de tourner, et elle vient en partie de chez nous.

– De quoi parles-tu Brice ?

– Regarde par toi-même, je vous mets ça sur la télé.

L'écran afficha la page web du site change.org. La pétition s'intitulait « Pour que Marion Maréchal représente le peuple de droite aux présidentielles ! Les Républicains, Rassemblement National, Debout la France, PCD, SIEL, rassemblons-nous ! »

– Elle a été lancée hier soir à minuit.

– La vache, ils sont déjà 130 000 ! Qui a fait ça ?

– C'est ça le problème, les premiers signataires viennent de partout, ils sont 50…

– Mais qui de chez nous ?

– Ils sont au moins quinze : Éric Ciotti, Nicolas Dhuicq… Et il y a en a autant du RN et de chez Dupont-Aignan. La vache, même Zemmour et Villiers ont signé !

– C'est viral, 132 000, ça augmente à chaque seconde. Comment on va pouvoir contrer ça ? Les médias vont s'en donner à cœur joie.

– On est dans la merde, j'appelle Laurent.

***

Au même moment, café le JB, Boulogne

– C'est toi qui as fait ça ?

– Oui. Sur les conseils de tes équipes.

– Mais de quel droit ?

– Je savais que tu ne voudrais pas en entendre parler. Je ne pouvais pas te laisser le choix Marion, c'est ta responsabilité. J'ai fait un sondage au sein des têtes de réseaux des Natifs, on est plus de 800 élus, dirigeants d'associations, d'entreprises ou d'institutions. J'ai proposé 37 noms, 37 Marion !

– Mais je t'avais dit que je ne voulais pas faire partie de cette liste, Alexandre, je ne veux pas me présenter contre Marine.

– Je ne t'ai pas mise dedans, c'est ça qui est incroyable. Tu étais dans la liste des candidats qui avaient refusé de se présenter. Eh bien, j'ai eu 320 retours disant qu'ils ne soutiendraient le mouvement que si tu en étais la représentante, et presque 300 de plus qui ont voté pour l'un ou l'autre des candidats de la liste mais qui m'ont signifié qu'ils auraient préféré que ce soit toi. Tu es plébiscitée Marion, et c'est en partie parce que tu ne veux pas être candidate ! Tu ne peux plus reculer, tu dois te lancer.

– C'est trop tôt Alexandre, tu ne peux pas m'imposer ça. Vous ne pouvez pas m'imposer ça. Et ça va faire éclater ma famille.

– Sur ce point j'ai pris de l'avance, la moitié du bureau du RN et une partie des conseillers de ta tante sont déjà acquis à notre cause. Même Jordan Bardella va te soutenir dans quelques heures. Elle s'est trop ridiculisée en 2017, sans compter que le départ de Philippot lui a prouvé qu'elle avait tort depuis le début. Elle ne sait plus comment réagir et la crise des gilets jaunes, sur laquelle elle aurait dû se refaire il y a des années, ne lui a rien apporté. Elle n'est plus crédible et les contestataires en interne sont de plus en plus nombreux et visibles. Nous avons aussi des alliés chez les Républicains. Même si certains sont proches de Wauquiez, ils savent que leur champion n'arrivera pas à s'en sortir tout seul, même Hortefeux est d'accord avec nous là-dessus. L'enjeu est de prendre tout le monde de vitesse, si la pétition est aussi bien relayée que je l'espère, et ce sera le cas crois-moi, Le Pen et Wauquiez seront dans l'impasse, *idem* pour Dupont-Aignan et tous les micro-partis de droite. La pétition est relayée sur tous les sites, blogs, médias et réseaux sociaux de nos alliés, ça va faire un buzz incroyable. J'ai obtenu de toutes les têtes de réseau qu'elles s'expriment positivement sur la pétition ou, *a minima*, qu'elles ne s'expriment pas du tout.

– Tu te rends compte que tu me mets dans une impasse ? Tu penses que je peux faire une campagne efficace, alors que je n'ai pas choisi de me présenter ?

– Marion, tu as évidemment le choix. Si tu refuses de te présenter tout le monde te considérera comme une personne au service de son pays et non de ses ambitions personnelles. Prends le temps de discerner si besoin, mais je pense que tu aurais tort de ne pas te lancer. Non seulement il me semble que c'est ton devoir, mais en plus je crois que tu as toutes tes chances.

Il y eut un long silence. Marion réfléchissait.

– Il y a de toute façon deux conditions nécessaires à mon oui. Tu le sais, je te l'ai déjà dit : Marine doit se retirer avant que je ne donne ma réponse, Wauquiez aussi. Sans quoi je ne pourrai de toute façon pas réussir. Et si jamais c'était le cas, je voudrais que tu t'engages à mes côtés dans la campagne.

Alexandre sourit, l'idée faisait son chemin. Inimaginable quelques minutes auparavant, le scénario et les conditions de sa mise en place prenaient forme dans l'esprit de la jeune femme.

– Je peux m'engager, mais dans l'ombre. Mon but n'est pas d'avoir un portefeuille ministériel ou une place à l'Élysée. Mon second rendez-vous va arriver, tu devrais rester, tu les connais déjà, Steve Banon et Patrick Buisson. Il va falloir qu'on prépare la présidentielle mais aussi l'après présidentielle.

***

Patrick Buisson attendait depuis quelques minutes dans l'un des larges fauteuils imitation club du restaurant, il était intrigué par ce rendez-vous avec le coordinateur des Natifs, la jeune Marion et ce vieux roublard de Banon. Quel étrange mélange, vraiment! Il aimait ça. Il avait toujours estimé la jeune femme. Du temps de son soutien à Jean-Marie Le Pen, elle n'était encore qu'une enfant, mais l'enfant était devenu un animal politique doté de beaucoup de talent. Il avait quitté Le Pen pour Sarkozy, conscient que seul le second était présidentiable mais il était toujours resté proche du vieux lion, sur le plan des idées en tout cas. Sarkozy avait fait une campagne parfaite en 2007, parfaitement conforme à ses préconisations. Mais il n'avait pas la moindre conviction, il avait déçu son électorat et la droite ne s'en remettait toujours pas. Son problème était qu'il voulait plaire à tout le monde, en particulier aux bobos et aux médias. Un jour, on avait vu l'homme du karcher, le lendemain celui qui épousait Carla. Deux facettes, irréconciliables. Et puis, Sarkozy l'avait trahi en 2012, le vouant aux gémonies alors qu'il lui devait tout, et ça, Buisson ne le pardonnerait jamais. Il s'était délecté de la chute du nabot à la primaire des Républicains en 2017, l'humiliation avait été violente: il avait voulu faire du Buisson sans avoir la moindre idée de ce sur quoi reposait sa ligne. Fillon et Juppé l'avaient battu.

Il sourit à ce souvenir, il avait sorti le champagne pour l'occasion.

Il vit le jeune Alexandre arriver, il le reconnut facilement, il avait fait son enquête, accompagné de Marion.

– Bonjour Monsieur, honoré de vous rencontrer. Vous connaissez déjà Marion, Steve ne devrait pas tarder.

– Je suis très heureux de cette rencontre, je suis attentif, depuis ses débuts, au parcours de Marion. Quant à vous, je n'ai pas l'honneur de vous connaître.

– Je m'en doute. Disons que je suis l'un des fondateurs du collectif des Natifs, chef d'entreprise de profession, passionné de politique, apartisan et surtout amoureux de la France. Je ne pense pas avoir besoin d'en dire plus.

– Cela a le mérite d'être concis, et quel est l'objet de notre rencontre ? J'avoue que votre courriel a attisé ma curiosité.

– Si j'ai pensé à vous contacter, ce n'est pas tant pour ce que vous avez fait sur le plan politique que parce que j'ai lu votre ouvrage *La Cause du peuple*, ouvrage que je tiens pour l'une des plus grandes références en ce qui concerne l'analyse politique et sociologique de notre pays. Si on évacue les anecdotes sans intérêt concernant Sarko et son pitoyable mandat, le reste est proche du chef-d'œuvre. C'est donc votre compréhension des enjeux de ce siècle et votre capacité d'analyse des attentes des Français que je viens vous demander d'apporter à Marion.

Patrick Buisson crut avoir mal entendu.

– À Marion dites-vous ?

– À Marion oui, il est probable qu'elle se présente à l'élection présidentielle. Buisson se tourna vers elle, ses yeux pétillaient de malice, il se régalait de toutes ces confidences et un petit espoir monta en lui. Face à votre tante ? Je ne vous en aurais pas crue capable.

– Et vous aviez raison, je ne me présenterai que si elle se retire de l'élection et qu'elle m'apporte son soutien de façon officielle.

– Il n'y a aucune chance que cela arrive ! C'est peine perdue. Je la connais, elle ne lâchera pas la poule aux œufs d'or qu'est le RN pour elle et ses proches.

Alexandre reprit la parole.

– Nous avons lancé une pétition d'envergure à ce sujet, soutenue par des pontes du RN et des Républicains, ainsi que par un gigantesque collectif d'associations qui dispose d'une belle force de frappe.

– Les Natifs, j'imagine ?

– Bien entendu. Nous espérons atteindre 500 000 signatures d'ici quelques jours, cela devrait suffire à convaincre Marine Le Pen et Laurent Wauquiez de se soumettre, d'autant que nous avons des alliés parmi leurs plus proches collaborateurs et que nous leur offrirons des places de choix dans le gouvernement que nous constituerons.

– Habile.

– De leur offrir des places ?

– Non, ça c'était une évidence. Je parlais du fait de passer par le biais d'une pétition. Dans le contexte actuel, entre l'effondrement des deux partis et la précipitation dans laquelle tout le monde se trouve du fait des délais courts avant la présidentielle, la pétition était probablement le meilleur moyen d'agir vite. Si elle rencontre le succès espéré, les médias se régaleront de l'information et les partis de droite n'auront pas le temps de contre-attaquer. La stratégie pourrait fonctionner si les places sont suffisamment attractives pour les deux partis.

– Les trois, je compte Dupont-Aignan, il pèse un certain poids depuis 2017, il est assez bien vu des Français depuis qu'il a osé soutenir Marine. Son côté antisystème plaît.

– C'est assez juste, même s'il manque de charisme. Patrick Buisson commençait à avoir une vision plus claire de la situation, et elle lui plaisait. Et en quoi puis-je vous être utile ?

– Intégrez l'équipe de campagne. Soyez notre Monsieur sondage, ouvrez-nous vos réseaux, apportez votre soutien à la pétition, publiquement j'entends.

– Moi ? Mais je suis un pestiféré sur le plan politico-médiatique !

– Je ne le crois pas, oui votre réputation a été mise à mal avec l'affaire des écoutes, mais vous avez une aura auprès des électeurs de droite, et vous le savez très bien. Henri Guaino, Camille Pascal et Madeleine de Jessey annonceront dans quelques heures qu'ils soutiennent l'initiative et se rangeront derrière Marion. Et un collectif de 130 chefs d'entreprise également.

– Vous avez fait les choses en grand! Il était convaincu depuis longtemps que Marine n'avait plus la moindre chance. Il sauta sur l'occasion de reprendre les armes. Eh bien, c'est d'accord, je suis prêt à vous soutenir, la seule condition est que vous me laissiez décider des verbatims à utiliser.

– C'était l'une de mes demandes.

– Entendu, je crois que notre rendez-vous est arrivé.

Steve Banon était en effet en train d'attendre au comptoir du bar, Alexandre se tourna vers lui et lui sourit.

***

Café Le Maresquier, au même moment

Jean-Luc Mélenchon écarquillait les yeux, fidèle à lui-même son visage exprimait tout son étonnement et sa voix grondante annonçait qu'il allait exploser sous peu.

– Tu es malade Éric, tu ne vas pas faire ça? Tu veux allumer une allumette dans la Sainte-Barbe! C'est de la folie pure!

Éric Zemmour souriait. Il aimait cette place, l'église Saint-Augustin la dominait de toute sa splendeur, surtout depuis qu'elle avait été rénovée, il aimait aussi Jean-

Luc Mélenchon, l'un des rares politiques à être encore digne de ce nom : cultivé, excellent tribun, convaincu, orgueilleux, mégalo. Tout ce qu'il attendait d'un véritable homme d'État. Mais voilà, Jean-Luc s'était cassé les dents, comme Chevènement avant lui, sur l'immigration. Sauf que lui allait plus loin, il était carrément pour l'immigration massive. Il avait fait fuir tout son électorat et l'avait envoyé droit dans les bras de Marine Le Pen, puis de sa nièce. Il l'avait prévenu mais Mélenchon, fidèle à lui-même, n'avait rien voulu entendre.

– Je ne comprends pas que tu sois étonné Jean-Luc, sincèrement, ça me semble assez évident.

– Mais non, c'est pas évident, pas évident du tout même ! Tu veux tout faire péter ou quoi ? Soutenir Maréchal, c'est de la folie !

– Tu l'as déjà dit, Jean-Luc, sourit Zemmour. Écoute, je crois que c'est la première fois que j'ai de l'espoir pour la France. Je pense que c'est la seule à pouvoir changer les choses : elle a les convictions, le cran, l'ancrage local, le soutien populaire. Alors évidemment, elle est très jeune, trop jeune probablement, mais avec un Premier ministre comme Wauquiez, elle sera bien entourée. Il a beau avoir peu de conviction, il est un homme d'État, il a l'expérience et le réseau.

– Donc tes élucubrations fascistes, c'était sérieux. Il tournait machinalement sa cuillère dans son café. Il accusait le choc de la nouvelle.

– Arrête avec ça, t'es ridicule, tu sais aussi bien que

moi que rien de grave ne va se produire. Tu as laissé passer ton tour, Jean-Luc, et tu leur en veux d'être en train de réussir là où tu as échoué. Tu serais vraiment honnête avec toi-même, tu la soutiendrais face à Castaner qui est tout ce que tu vomis. Ta seule différence avec Marion, et ta seule erreur soit dit en passant, c'est que tu refuses d'ouvrir les yeux sur la guerre civile qui se prépare avec les immigrés.

– C'est faux, la guerre se prépare avec les terroristes, Éric. Elle est en cours, depuis longtemps. Les immigrés, ils la subissent cette guerre, et ils vont encore plus la subir avec elle au pouvoir !

– Tu as tout faux. Je pense même qu'une partie d'entre eux va la soutenir, les immigrés des vieilles générations subissent aussi l'arrivée des nouveaux. Non seulement ils ne s'intègrent pas et sont plus radicaux que leurs anciens, mais en plus ils donnent une mauvaise image de l'islam. Bref, c'est notre éternel débat de toute façon, et je vais devoir te laisser, je vais annoncer ma décision à Pascal Praud, il est trop content d'en avoir la primeur. Tu sais que Houellebecq aussi va la soutenir ? Les intellectuels sortent du bois, ça va changer la donne.

– Je croyais que tu hésitais à te présenter toi-même ?

– J'y pense depuis 2019, mais je crois que ce n'est pas pour moi, je tiens trop à ma liberté. Bon, on se revoit la semaine prochaine ?

– C'est ça, vas-y, on verra si j'ai envie de te revoir.

Zemmour rit et se leva.

– À très vite Jean-Luc.

Mélenchon était dans ses pensées. Oui il haïssait Castaner et tous ceux qui avaient tué la gauche, Hollande le premier. Quels guignols, ils avaient amené l'extrême droite aux portes du pouvoir à plusieurs reprises, et cette fois, elle allait le prendre.

Il sourit. Et s'il osait ? Est-ce qu'il pourrait oser soutenir la jeune Marion ? Il perdrait tous ses soutiens, il serait honni par la classe politico-médiatique, même ses plus proches camarades ne le suivraient pas sur ce coup-là. Il avait trop à perdre et pas assez à gagner. Sa décision était prise, il annoncerait ce soir son départ de la vie politique et il expliquerait à Salamé que ni Maréchal qui voulait chasser les Noirs pour sauver les Blancs, ni Castaner qui voulait chasser les pauvres pour sauver les riches, n'auraient son soutien. Il faudrait travailler la formule.

Un serveur se dirigeait vers sa table. Il regarda Zemmour qui s'éloignait.

– Le salaud, il m'a laissé l'addition !

***

Europe 1, 10 heures

– Monsieur Wauquiez bonjour.

– Bonjour, Madame Jouan.

– L'actualité du jour, c'est cette pétition qui a pris une ampleur effarante, on dénombre près de 200 000 signataires qui appellent Marion Maréchal à représenter la droite. Comment est-ce que vous réagissez à cet appel ?

– D'abord Marion Maréchal n'est ni adhérente, ni élue des Républicains que je représente…

– Oui mais, excusez-moi de vous couper, ce sont bien des membres de votre parti qui ont lancé cette pétition.

– Je ne sais pas qui l'a lancée, ils sont nombreux, et ils en ont le droit, je ne le leur reproche pas, même si j'estime la méthode cavalière. Pour autant, je vous le répète, Madame Maréchal ne fait pas partie de mon parti et elle n'est d'ailleurs plus engagée nulle part. Je suppose que les autres dirigeants de partis seront d'accord avec moi sur ce point.

– Eh bien, écoutez, j'ai appris il y a quelques minutes que Marine Le Pen se retirerait peut-être de la course à la présidentielle. On l'écoute.

La voix de Marine le Pen sortit des haut-parleurs : « … si mes rivaux de droite en font autant, j'estimerai qu'il sera temps pour moi de laisser la place à une jeunesse talentueuse, ma nièce semble accepter ce challenge exceptionnel et avoir le soutien d'un grand nombre de patriotes. Je la soutiendrai donc de toutes mes forces et j'inviterai tous les membres du Rassemblement National à en faire autant. À la condition, vous l'avez compris, que Messieurs Wauquiez et Dupont-Aignan fassent le même choix. Je ne me désengagerai dans ce cas bien évidemment pas du parti dont je resterai présidente mais je ne me présenterai pas à la présidentielle. J'attends donc de savoir ce que feront Messieurs Dupont-Aignan et Wauquiez. L'union est plus que jamais nécessaire pour sauver notre pays face à l'invasion migratoire, à la perte historique de souveraineté et à l'attaque d'une agressivité inouïe de la mondialisation que subissent nos entreprises et nos travailleurs, nous verrons s'ils le comprennent aussi. » L'extrait s'interrompit. La journaliste reprit la parole.

– Qu'en pensez-vous, Laurent Wauquiez ?

– C'est son droit le plus strict, Marion Maréchal et Marine Le Pen ont des convictions particulièrement proches, elles sont issues de la même famille, au sens politique comme au sens propre, et je ne crois pas…

– Et vous, Laurent Wauquiez, êtes-vous proche de ces convictions ?

– Il y a évidemment des points de convergence mais les différences justifient largement que Les Républicains existent par eux-mêmes, il est donc hors de question que cette jeune femme nous représente. Nous irons jusqu'au bout pour gagner cette présidentielle.

– Mais Laurent Wauquiez, votre place sur l'échiquier politique est-elle tenable ? Entre LREM qui reste proche de vos idées économiques et Marion Maréchal qui a la même vision que vous sur l'immigration et la sécurité, quelle place reste-t-il ?

– Madame Jouan, la question est plutôt de savoir quelle place il restera pour les autres quand je présenterai mon programme.

***

Voiture de Marine Le Pen

– Évidemment que je n'avais pas le choix. J'aurais jamais imaginé que ça prendrait une ampleur pareille ! Et les trois quarts de mon bureau étaient favorables à ce qu'on laisse la place à Marion.

– …

– Oui mais avec ma stratégie, je prends moins de risque. Aucune chance que Wauquiez se couche, *idem* pour Dupont-Aignan. Ils ont trop envie de tenter leur chance.

– …

– Je suis d'accord, Philippe, mais je n'avais pas le choix d'ouvrir la porte, sans quoi nos militants auraient été capables de me lâcher pour Marion, et ça je ne l'aurais pas supporté. Soit Wauquiez se rallie, ce qui n'arrivera pas, et je serai obligée de le suivre, soit Marion refusera de se lancer. Je le sais de source sûre, les Natifs ont été malins de me pousser à proposer mon ralliement conditionnel, mais ça ne marchera pas, et j'en sortirai grandie.

– …

– OK, bonne journée et à ce soir alors.

Marine Le Pen raccrocha et ouvrit une page internet, elle actualisa. La page mit quelques secondes à charger, elle s'impatienta : « Allez active-toi ! » Le nombre apparut, près de 330 000 signataires. Son estomac se contracta, elle se sentit mal. Avait-elle parlé trop vite ? À quel moment Wauquiez serait-il au pied du mur ? Quel nombre serait suffisant pour le faire changer d'avis ?

Elle regarda son téléphone pensivement, elle commença à chercher son numéro dans son téléphone puis elle changea d'avis, le coupa et le posa sur la banquette. Elle serait vite fixée de toute façon. Elle demanda à son chauffeur de la déposer chez elle, elle avait besoin de calme, et de ses chats.

***

Bureau de Laurent Wauquiez, 11 h 30

– La pétition a grimpé à 340 000 signatures, Laurent.

– On est sûrs et certains que ce sont de vraies signatures ?

– Oui, enfin *a priori*. Et ça grimpe en continu, les médias ne parlent que de ça.

– Mais c'est dingue ! Cette gamine n'a aucune expérience, aucune légitimité et elle est issue de la lignée des Le Pen. Ça ne tient pas debout ! Et il paraît qu'elle ne voulait pas revenir !

– Elle refusait de s'opposer à sa tante, mais comme Le Pen lui a laissé une porte ouverte et que la demande vient des électeurs de droite elle a fini par dire oui. C'est Ciotti qui me l'a dit.

– Et, en réalité, ça vient d'où cette pétition ?

– C'est un collectif qui s'est rassemblé, ils viennent

en bonne partie de la Manif pour Tous et de la droite dure. En gros, c'est la droite de Buisson qui a refait surface. Ils ont pris de bonnes habitudes en termes de buzz et de réseaux sociaux. Avec les manifs de 2013, ils sont devenus plus pros que nous. On ne les a pas vus venir mais ils ont créé le collectif des Natifs en quelques jours. Ils ont probablement plus de soutiens que nous et le RN réunis, et nous sommes persuadés qu'une immense partie des gilets jaunes est en accord avec ses idées.

– J'ai quoi comme solution ? Soit je me couche et je laisse toute la place à Pécresse et aux autres, soit je continue et je suis certain de me ridiculiser.

– Et pourquoi pas une alliance, Laurent ? Elle aura besoin de tout le monde pour être crédible et pour gagner, ça peut nous laisser de très bonnes places, que ce soit pour le parlement ou dans les ministères. Il faut négocier avec elle.

– Tu penses vraiment qu'elle a la moindre chance de passer ? Elle n'a pas 35 ans !

– Et alors ? Tu as vu le bazar que c'est dans le pays ? Et personne, je dis bien personne, n'aurait été appelé par autant de monde à se présenter. Elle a ses chances si elle s'entoure bien et que son programme est bon. Elle n'est ni sa tante si son grand-père, on ne peut pas lui reprocher le moindre dérapage en plus de 10 ans de vie politique, c'est rare.

– Si on s'allie avec une Le Pen, LR disparaît le lendemain, et nous avec.

– Peut-être Laurent, mais tu ne peux pas aller contre cette pétition. Je ne vois pas comment. Tu te rappelles qu'on avait mis Bellamy tête de liste aux européennes. Marion et lui ont 99 % d'idées en commun, rien ne nous empêche de nous allier à elle sur le fond. Sur la forme, il faut que nous obtenions que son mouvement n'aspire pas nos partis, le RN et LR doivent survivre à cette alliance. Proposons-lui de se présenter à la présidentielle comme représentante de nos deux partis, tout en lui imposant de s'engager à ne pas produire d'élus locaux.

– Arrange-moi une rencontre mais je veux que ça reste totalement confidentiel, tu ne mets personne dans la confidence, s'il te plaît. On se voit toi, moi et elle. C'est tout.

– Je te fais ça tout de suite.

– OK, trouve un lieu discret.

***

Appartement de Brice Hortefeux, le lendemain matin

Marion Maréchal, Laurent Wauquiez et leurs deux bras droits, Alexandre des Natifs et Étienne Blanc, étaient réunis dans le salon de Brice Hortefeux qui leur avait prêté son appartement. L'ambiance était étonnamment cordiale, Wauquiez avait compris, dès son retour à la tête des Républicains, qu'il lui serait quasiment impossible de gagner la présidentielle. Il avait pris conscience trop tardivement que le positionnement bâtard de son parti était impossible à tenir dans un contexte de droitisation des opinions populaires et de gauchisation des élites médiatico-culturelles. Il se retrouvait donc à tenir un discours quasi-frontiste sur le plan identitaire et sécuritaire, tout en ayant des positions ultra-libérales dont il ne pouvait se départir sauf à prêter le flanc à la seule critique à laquelle il n'aurait pas de réponse : quelle est votre différence avec Marine Le Pen ? L'épouvantail Le Pen avait servi durant 30 ans, depuis Mitterrand et son front républicain, les intérêts de la gauche et du centre, et cela avait perduré jusqu'à lui.

Deux options s'offraient donc à Laurent Wauquiez : tenir son cap et faire 15 % à l'élection présidentielle, ou soumettre au vote des adhérents Républicains une alliance avec Marion Maréchal. C'est cette seconde idée qui émergeait depuis la veille car il était certain que la réponse serait oui, probablement à 70 ou 80 %. Et si c'était le cas, il ne laisserait aucune place à ceux qui cherchaient sa mort au sein des Républicains : Peltier, Didier et leurs alliés n'auraient qu'à rejoindre Castaner ou bien créer leur propre parti. Ils seraient morts dans les deux cas.

– Et donc vous seriez prête à vous engager à ne pas faire la promotion du Rassemblement National de quelque façon que ce soit ?

– Laurent, j'ai quitté le RN définitivement depuis la mort de mon grand-père. Vous savez pertinemment que je ne partage pas une partie des propositions que porte Marine. Si vous me suivez, c'est vous qui serez Premier ministre et la moitié du gouvernement sera issue de vos rangs.

– Marion, tu ne vas pas faire confiance aux Républicains pour composer la moitié du gouvernement quand même ? C'est Alexandre qui l'avait interrompue, il avait convenu avec Marion de jouer le sceptique.

– Si, Alexandre. Il y aura assez peu de candidats rassure-toi, Laurent ne me contredira pas si je dis que tous les Républicains qui sont plus au centre qu'à droite refuseront de gouverner à nos côtés.

– Et combien seront issus du RN ?

– Peu, très peu même, les ministres dont je m'entourerai sont davantage divers droite que membres du RN. Je me moque totalement des étiquettes partisanes, seules les idées et les convictions valent. Et évidemment les actes.

Elle était convaincante, même si cela paraissait un peu idéaliste aux trois hommes. Wauquiez lui répondit.

– Il y a deux conditions pour que j'accepte ce marché : la première, c'est que Marine le Pen n'ait aucun poste à responsabilité en lien avec le gouvernement. La seconde, c'est que je soumette cette proposition d'alliance à mes adhérents et que le oui l'emporte à plus de 70 %.

– C'est d'accord.

– Dans ce cas, c'est d'accord, j'annonce ça demain en direct à la télévision, je passe sur France 2 à 13 heures.

En revanche je ne veux pas qu'il y ait la moindre fuite, c'est bien clair ? Ce serait un *casus belli.*

Marion acquiesça d'un simple sourire.

***

L'annonce du référendum interne aux Républicains par Wauquiez fit l'effet d'une bombe, personne n'avait prévu le coup. Il se tint cinq jours plus tard au vu de l'approche rapide des élections. Leonetti, Woerth et une vingtaine des ultimes centristes présents chez les Républicains annoncèrent à grand fracas leur départ du parti. Ils rejoignirent Alain Juppé qui, malgré son âge avancé, avait encore des réseaux actifs et avait formé son propre courant, la France Apaisée. Presque aucun média n'en parla tant la nouvelle était attendue depuis 2017, personne ne s'étonna non plus du ralliement de la France Apaisée à Castaner et Samas.

Le résultat du référendum fut sans appel, 87 % des adhérents qui s'exprimèrent dirent oui à la proposition suivante « Acceptez-vous que Les Républicains s'allient à tous les partis de droite (RN, DLF, Via) et aient pour candidate Marion Maréchal et pour Premier ministre, en cas de victoire, Laurent Wauquiez ? »

Marion Maréchal put officialiser la création de son mouvement, baptisé Restauration, dans lequel elle intégra les dirigeants des différents partis qui la soutinrent. Le programme, élaboré par Maréchal,

Wauquiez, Dupont-Aignan (ministre des Affaires étrangères en cas de succès), Poisson, et leurs équipes, fut fidèle à celui attendu par les observateurs politiques : lutte contre l'immigration illégale, régulation forte de l'immigration légale, sortie de Schengen si l'Union européenne ne trouvait pas d'accord sur la régulation des flux migratoires, protectionnisme face aux attaques commerciales américaines, chinoises et indiennes, refonte de l'Europe sur les bases d'un partenariat avec les États favorables à la souveraineté nationale (Italie, Espagne, Pologne, Autriche, Pays-Bas et Hongrie en tête), augmentation du nombre de policiers et de leur liberté d'action, hausse du budget de l'armée, baisse drastique du nombre de fonctionnaires… Face à eux, Castaner et Samas maintinrent un programme européiste, libéral et optimiste.

Castaner avait finalement recomposé son gouvernement car tous les ministres hors LREM avaient démissionné. Il avait ainsi constitué un gouvernement avec pour moitié des LREM, pour un quart des républicains (les plus centristes y avaient une bonne place, Pécresse en tête) et, pour le reste, de responsables musulmans discrets mais efficaces. Il insistait sur l'importance d'agir. Ses interventions médiatiques avaient pour but de montrer ses déplacements : visite aux victimes des émeutes, inauguration d'un centre interreligieux, visite au Vatican, création d'associations de déradicalisation, inspection des armées, discussion avec des ouvriers ou des artisans, etc.

Il faisait tout pour faire oublier qu'il était l'héritier de Macron, que ses opinions étaient les mêmes que celles de son prédécesseur et qu'il n'avait pas d'autre programme que celui de rester dans la continuité des trois présidents qui l'avaient précédé. Ses convictions se résumaient à une confiance inébranlable en ses propres talents et en sa capacité à gouverner un pays dont, de toute façon, la souveraineté était presque totalement déléguée à Bruxelles.

Les émeutes s'étaient calmées en banlieue et les Natifs concentraient leurs forces sur l'élection, chacun des deux groupes avait appelé ses troupes au calme pour ne pas laisser les médias donner une mauvaise image d'eux. Seule la Corse avait littéralement disparu des radars, les médias n'en parlaient pas, le gouvernement non plus. Les indépendantistes avaient en réalité pris le pouvoir sur la petite île et attendaient que la France se choisisse un président. Les musulmans les plus radicaux avaient été tués, les clandestins renvoyés par les ferrys qui avaient été réquisitionnés, les autres avaient dû accepter de signer la charte corse qui leur imposait des règles de vivre-ensemble à respecter strictement : toute personne résidant en Corse devait parler français ou corse et porter un prénom des mêmes origines, aucune autre langue n'était tolérée, le port du voile, du burkini ou de tout accoutrement de ce type était prohibé, la nourriture halal aussi. Un contrôle d'identité avait été mis en place à l'arrivée des avions et des bateaux par des groupes d'indépendantistes qui assuraient la sécurité avec la complicité de la police locale. Il y avait eu quelques traitements inéquitables et des règlements de compte, mais l'ordre avait été rapidement rétabli par les autorités indépendantistes. L'armée avait évacué la Corse discrètement pour ne pas provoquer plus de troubles, sur ordre direct de Castaner. Il ne ferait rien tant que l'élection ne serait pas passée.

Les Corses en profitaient pour noyauter l'administration, chasser les « collabos » continentaux et reprendre possession de « leurs » terres. Le mot d'ordre était simple : « On prend le contrôle, on rassure la population sur notre capacité à gérer l'île en paix et une fois l'élection passée, nous verrons ce que décidera le gouvernement, nous serons prêts. »

***

Huit jours avant les élections

La France était en ébullition. Les Natifs avaient mobilisé près de 400 000 personnes pour les élections avec pour objectif de soutenir la candidate de Restauration. Tractages, collages, prises de parole en public mais aussi intervention dans les médias, ils avaient formé des milliers de militants à défendre leurs idées en s'appuyant sur les réseaux et les ressources des nombreuses associations qui faisaient partie de l'organisation. Des centaines de militants passaient ainsi leur journée à participer à toutes les émissions possibles, radio comme TV, pour poser des questions aux candidats ou donner leur avis sur les divers sujets d'actualité en tant qu'auditeurs. En parallèle, un nouveau collectif avait vu le jour pour soutenir Marion Maréchal : Les Basanés Patriotes, fondé par Jean Messiha, un énarque d'origine égyptienne qui avait été proche de Marine Le Pen. Il rassemblait quelques milliers d'immigrés anciennement installés en France qui ne supportaient plus l'arrivée de milliers de jeunes hommes qui faisaient régner l'insécurité et le communautarisme dans leurs quartiers.

De leur côté, la gauche et l'extrême gauche faisaient tout leur possible pour montrer ce qu'ils pensaient être le vrai visage de Maréchal : une raciste, une xénophobe, une extrémiste… mais leur principale faiblesse venait du fait que leur seul candidat était Castaner, libéral forcené comme son prédécesseur, sans talent ni charisme.

Mélenchon avait en effet officiellement pris du recul du fait de son âge et de son incapacité à fédérer le peuple lors des manifestations des gilets jaunes. Personne n'avait osé reprendre le flambeau, les orateurs de la France Insoumise savaient que leur mouvement n'avait survécu que grâce à la personnalité de son fondateur. Son annonce avait été un coup de tonnerre, son « ni, ni » avait ébranlé ses militants qui, bien formés et très engagés, hésitaient à défendre un programme qui ne répondait pas à leurs attentes et une partie d'entre eux finit par rejoindre les rangs des Natifs considérant qu'entre leur haine de la xénophobie et leur rejet de l'ultralibéralisme, le second était plus grave que le premier. Seuls les bourgeois de centre-ville et une partie des classes issues de l'immigration luttèrent aux côtés de Castaner et Samas.

La gauche était morte avec Mélenchon et Hollande qui avaient pris le parti des immigrés face aux ouvriers, ils en payaient le prix des années plus tard.

Castaner faisait en revanche le plein de voix du côté des immigrés récents. En effet, si les immigrés des premières générations s'étaient embourgeoisés et supportaient de plus en plus mal l'immigration récente, les jeunes radicalisés ne voulaient évidemment pas de l'arrivée de Maréchal au pouvoir.

Les syndicats étaient, quant à eux, bloqués entre un programme ultra-libéral et un programme souverainiste, seule la CFTC franchit le pas de soutenir Restauration pour défendre les catégories populaires.

Les 900 zones de non-droit furent particulièrement mobilisées, les meneurs musulmans savaient que Maréchal serait soutenue dans son programme de nettoyage des cités par les Natifs. Ils ne pouvaient pas l'accepter, d'autant que, si Castaner était élu, il ne pourrait rien contre eux. Et son futur Premier ministre, Samas, serait un allié de poids. Les flux migratoires continueraient à s'intensifier et la balance finirait par pencher en leur faveur. Ils jetèrent donc toutes leurs forces dans la bataille et firent passer l'ordre à tous les réseaux islamistes de ne provoquer ni attentat, ni délit, ni agression. Leur sort dépendait de l'élection. Dans un cas, ils seraient gravement menacés, dans l'autre la France deviendrait une proie facile.

Samas était, lui, très à l'aise dans sa place de porte-parole, Castaner était un pantin imbu de lui-même et totalement insensible à l'avenir de son pays. Seule comptait à ses yeux la prise de pouvoir, il voulait en tirer le plus de bénéfice possible, puis prendre sa retraite, probablement à l'étranger. Samas serait patient, il n'avait qu'à jouer son rôle de musulman modéré, sérieux et travailleur. Il allait peser de tout son poids pour remettre au goût du jour l'intégration de la Turquie dans l'Union européenne. Il comptait bien laisser les vannes de l'immigration ouvertes, tout en continuant de donner aux banlieues et à leurs imams un maximum de latitude. C'était déjà le cas sous Macron, Hollande et leurs prédécesseurs, il n'avait qu'à obtenir de Castaner de laisser les choses en l'état. Ce dernier était de toute façon tellement obsédé par la peur qu'on puisse un jour lui reprocher d'être raciste ou xénophobe qu'il ne pourrait en aucun cas aller contre. Il était conscient que la victoire n'était pas certaine, c'est pourquoi il passait le plus clair de son temps dans les médias à diaboliser la jeune Maréchal. Il faisait d'ailleurs souvent semblant de faire le lapsus de l'appeler Marion Le Pen. Les Français ouvraient les yeux après 40 ans de lavage de cerveaux, il devait à tout prix faire en sorte qu'ils ne les ouvrent pas trop tôt, sans quoi il perdrait l'élection.

***

Béziers, sept jours avant les élections

Marion était angoissée. Elle n'était pas du genre à paniquer mais l'élection arrivait et, ce soir, aurait lieu son ultime intervention publique. Elle avait refusé les plateaux télévisés, elle avait envoyé ses meilleurs débatteurs la représenter : Zemmour, qui avait finalement accepté d'être son porte-parole, la défendrait devant Salamé, Wauquiez serait face à Castaner, Dupont-Aignan à Samas. Les deux candidats avaient déjà passé deux grands débats, l'équipe de Marion était persuadée qu'elle avait atomisé l'incompétent Castaner, mais c'est Zemmour qui l'avait le plus rassurée quand il lui avait dit : « C'est simple, pas un Français attaché au réel ne votera pour Castaner. Tu étais l'enracinée face au déraciné, le pragmatisme face à l'optimisme béat, la raison face à l'émotion. »

Elle attendait dans une loge minable que la foule s'installe, les murs rouge sombre étaient déprimants. Elle avait demandé à être seule, elle entendait son équipe rire et plaisanter dans la salle voisine. Elle avait besoin de se poser. Olympe, sa fille, lui manquait, elle doutait. Avait-elle fait le bon choix ? Elle avait sacrifié énormément durant la campagne qui avait heureusement été courte, moins de deux mois, mais cela lui avait coûté. Elle avait très peu vu sa fille et ses amis, elle n'avait pu prendre que 24 heures de pause depuis qu'elle s'était lancée. Elle avait pu en profiter pour passer du temps avec elle en PACA et faire un tour à moto. Une larme coula le long de sa joue. Si elle était élue, elle sacrifierait cinq ans de sa vie au service de son pays : est-ce qu'elle y était prête ? Elle essuya sa larme d'un geste rageur : « Oui j'y suis prête. Ça fait des années que je le sais. » Elle était consciente que son plus grand rêve pouvait se réaliser : voir la France se redresser après 50 ans de suicide, ce n'était pas le moment de lâcher.

Robert Ménard lui avait annoncé que près de 30 000 personnes avaient fait le déplacement, ce qui était totalement inédit dans la région, une retransmission sur des écrans géants avait heureusement été prévue dans un stade voisin. Elle n'aurait jamais imaginé que ce serait un tel succès.

Elle avait refusé que les médias aient des places de choix. Ils avaient tout fait pour faire planter sa campagne, elle ne voulait pas les privilégier, d'autant que tous les plateaux télévisés étaient occupés ce soir, il n'y aurait donc que très peu de chaînes pour rediffuser son ultime intervention. Des directs sur Facebook, Twitch et Youtube avaient été organisés.

La porte s'ouvrit dans son dos.

– Marion, ça va être à toi, Robert va terminer son introduction.

– J'arrive Alexandre, je suis prête.

– Je sais Marion.

Elle se leva, apaisée. Elle longea le long couloir, elle aperçut au loin l'estrade immense, la lumière était aveuglante, Robert achevait son discours : « Et c'est pour cela, chers amis, que nous allons enfin réussir à imposer les idées qui étaient majoritaires mais passées sous silence ces dernières années. Et c'est grâce à Marion que cela va se produire, applaudissez-la car c'est maintenant elle qui va prendre la parole ! » La clameur fut immense « Marion, Marion, MARION, MARION ! » Elle avança sur la scène, sereine. Quoi qu'il arrive désormais, elle avait fait tout son possible. Si les Français choisissaient Castaner, il n'y aurait plus aucune chance qu'un patriote parvienne à être aussi proche du pouvoir qu'elle à l'avenir. Elle avait mis toutes les chances de son côté. Elle attendit quelques secondes que les acclamations cessent et elle commença son discours.

– Chers compatriotes, chers amis, nous sommes à la veille de la décision la plus importante que nous, Français, aurons à prendre en ce XXIe siècle. Soit nous optons pour le multiculturalisme, l'immigration de masse, la soumission aux marchés financiers et aux GAFAs, la recherche du confort matériel comme première de nos valeurs, le rejet du protectionnisme et de la souveraineté nationale… À chaque proposition, la foule hurlait « noooooon ! » Elle continuait, calmement : la dilution dans une Europe technocratique et toute-puissante, l'incapacité de répondre au *dumping* social et fiscal au sein et en dehors de l'Union européenne, la désindustrialisation progressive de notre pays pour devenir une société de services, l'avènement d'une société eugéniste ;

soit nous choisissons une autre voie, opposée à la première, qui s'appuie sur un retour à la souveraineté nationale avec la mise en retrait de notre pays de l'Union européenne tant qu'elle n'est pas réformée de l'intérieur, la fermeture des frontières tant que nous n'aurons pas retrouvé le chemin du plein-emploi et de la paix dans nos banlieues, l'assimilation totale ou le renvoi des immigrés présents sur notre territoire, la redéfinition de nos institutions et de notre processus démocratique, la revalorisation de nos industries et de nos savoirs faire, le soutien à nos activités clés comme le nucléaire, le contrôle de nos importations, le retour aux commerces de proximité et aux circuits courts. Son discours dura une heure, il avait moins de souffle que ses autres interventions car il se voulait factuel. Elle avait demandé à Henri Guaino de le faire simple, accessible à tous, sans prétention. Il lui avait tout de même imposé quelques références historiques et quelques phrases plus travaillées. Elle lui avait fait confiance. Patrick Buisson et Éric Zemmour n'avaient pas retouché une ligne, Camille Pascal avait simplement ajouté une phrase pour qu'elle évoque l'idée de la protection de l'enfance face à l'invasion du porno dans les familles : « Tu sais, c'est un consensus, tout le monde est d'accord pour dire que c'est une horreur, en particulier sur le plan psychologique, mais aucun politique de premier plan n'en a jamais parlé. Je pense que cela aura trois effets bénéfiques : rejoindre un problème dont tous les parents sont conscients, faire parler de ce problème qui me semble majeur, t'obliger à agir une fois élue. »

Lui aussi, elle l'avait écouté. Elle était entourée des meilleurs, elle en était persuadée. Castaner n'avait personne de cet acabit pour le conseiller : Terra Nova n'avait plus produit la moindre idée depuis Hollande, Attali avait refusé de le soutenir faute de confiance en son intelligence, et ses rares « experts » en communication n'avaient pas la moindre idée de ce qu'attendaient les Français.

***

Le jour de l'élection, 19 h 55, Carhaix

Maxime était avec plus de deux cents agriculteurs, ouvriers et routiers. Ils se préparaient au pire. Environ 120 tracteurs et camions avaient été réunis et chacun était chargé de bouteilles de gaz, de tonnes de paille sèche ou de pneus. Tous venaient de Vendée ou de Bretagne, et ils savaient que d'autres s'étaient réunis dans diverses fermes de la région ouest pour attendre les résultats, anxieusement mais avec détermination. Ils regardaient la télévision, branchée sur une enceinte pour que tout le monde puisse entendre.

Léa Salamé avait les traits tirés, l'élection allait se jouer en un tour puisque seuls quatre candidats s'étaient finalement présentés tant les délais avaient été courts. Or, deux d'entre eux, Asselineau (dont tout le monde se demandait d'où il tenait ses parrainages) et Bayrou, faisaient moins de 3 % en cumulé.

Elle connaissait déjà les résultats et était en train d'annoncer l'arrivée des quatre porte-parole des candidats.

Léa Salamé avait toujours été l'une des incarnations les plus parfaites du politiquement correct. Son rejet de la droite dans son ensemble était clairement visible dans ses interviews, sa complaisance envers le centre-gauche et l'extrême gauche l'était tout autant. Elle avait cependant toujours essayé de montrer les contradictions de ses adversaires idéologiques avec un minimum d'honnêteté, elle ferait de même ce soir.

Elle avait d'ailleurs trouvé Samas et Castaner particulièrement légers dans leur gestion des banlieues. Il y avait eu des centaines de victimes dans les attentats de février puis dans les émeutes qui avaient suivi. Elle n'aurait jamais imaginé que les islamistes bénéficiaient d'une telle force de frappe. Évidemment, il y avait des inégalités, des difficultés d'intégration, voire des ghettos, mais de là à ce que les islamistes disposent de dizaines de gamins prêts à se sacrifier pour la cause, de centaines de prisonniers parfaitement organisés pour assassiner des gardiens avec des armes venant d'on ne sait où, de dizaines de milliers de citoyens prêts à manifester violemment et à tuer des CRS…

Elle revint au présent. Sur son plateau, Laurent Wauquiez et Samir Samas se faisaient face, Asselineau était venu en personne et le représentant de Bayrou venait de se désister. Elle avait également fait venir en renfort deux observateurs « neutres », Christophe Barbier et Nathalie Saint-Cricq, dont elle savait qu'ils donneraient aux téléspectateurs un certain recul quant aux événements en cours. Elle introduisit rapidement les invités et commença à poser quelques questions avec son sourire habituel :

– Laurent Wauquiez, les résultats vont nous être communiqués dans quelques minutes. Êtes-vous confiant ?

– Bonsoir Madame Salamé. Eh bien, nous faisons face à l'abstention la plus faible de l'histoire de notre République. Nous devons d'abord nous en féliciter car cela signifie que le candidat qui sera élu le sera avec toute la légitimité nécessaire à la mise en place des réformes qu'il aura promises. *A priori*, plus de 90 % du corps électoral s'est déplacé, c'est déjà une victoire. Et force est de constater que la France périphérique qui avait déserté les urnes depuis des décennies s'est massivement mobilisée. C'est une chance inespérée pour notre pays.

– Oui, mais cela ne s'explique-t-il pas par le profil des deux candidats ? Ce que je veux dire c'est qu'entre l'extrême droite et le ticket Castaner-Samas le clivage impliquait nécessairement une forte participation.

– D'abord, laissez-moi vous dire que Marion Maréchal n'est pas la candidate de l'extrême droite…

– Excusez-moi, mais ce n'est pas parce qu'elle a

gommé son deuxième nom et une partie de sa famille que nous devons la considérer comme lavée de son appartenance passée au Rassemblement National.

– Marion est la candidate de Restauration. Libre à vous de considérer des millions de Français comme étant des extrémistes, mais je ne vous laisserai pas le dire sans réagir. De toute façon, la question n'est pas là. L'abstention, comme je le disais, est la plus faible qu'on ait jamais connue et c'est une excellente nouvelle. Par ailleurs…

– Oui mais vous considérez… Elle tenta de le couper mais il ne la laissa pas faire.

– Par ailleurs les sondages nous donnent largement en tête à l'heure qu'il est, je suis donc confiant puisque c'était votre première question. Je considère comme extraordinaire le rejet massif du successeur de Monsieur Macron ainsi que de son très communautariste bras droit.

La réaction de celui-ci ne se fit pas attendre.

– Vous êtes scandaleux…

– Samir Samas, vous voulez réagir ?

– Oui, Madame Salamé. Cette allégation me scandalise. Alors parce que je suis musulman, je dois être communautariste ? C'est bien cela Monsieur ?

– Absolument pas, ce n'est pas du tout ce que j'ai dit. C'est votre affiliation aux Frères Musulmans et à l'UOIF qui me pose problème, ainsi que ce que vous avez laissé faire dans nos banlieues pendant vos deux mois d'intérim. Le voilà, votre communautarisme. Vous avez laissé le contrôle des banlieues aux islamistes !

– C'est totalement faux, vos fantasmes ne trompent personne !

– Messieurs, je vous interromps car il va être 20 heures, les résultats vont nous être communiqués dans 10, 9, 8…

Marion était avec ses équipes, même Zemmour semblait tendu, ses alliés avaient eu un mal de chien à obtenir des sondages et, depuis trois heures, c'était le *black-out* total. Alexandre avait mis la main sur son épaule et la serrait sans s'en rendre compte, Buisson avait les yeux baissés, pétillants d'excitation, ses amis du Rassemblement National étaient venus en nombre, les membres des Républicains étaient, eux aussi, nombreux.

La France tout entière tendait l'oreille, écarquillait les yeux, sentait son pouls accélérer : « … 2,1. » Le portrait de Marion apparut sur les millions d'écrans. « Marion Maréchal est élue avec près de 58 % des voix, voici les images en direct de la Place de la Concorde, elle devrait y arriver d'ici 30 minutes pour faire son premier discours en tant que Présidente. »

Le hurlement de joie fut tel que Marion sursauta, elle n'avait pas cru y arriver. Ses amis et soutiens sautaient littéralement sur place, tombaient dans les bras les uns des autres, le champagne commença à couler et elle passa de mains en mains, serrée par ceux qui la soutenaient depuis le premier jour. Au bout de quelques minutes, elle retrouva sa voix et remercia chaudement ses équipes, elle savait qu'elle devait profiter de ces minutes avant de partir pour les Tuileries.

Devant le QG, la joie était comparable, des milliers de personnes jetaient des pétards, chantaient des *Marseillaises* et des chants de victoire. Un bal populaire fut même improvisé par les militants. Marion alla à l'une des fenêtres, l'ouvrit, elle fut vite reconnue et une immense clameur retentit dans le quartier.

Depuis les Tuileries, les images, prises depuis un hélicoptère, montraient des centaines de milliers de personnes. Le jardin des Tuileries et la cour du Louvre débordaient littéralement de monde, la foule se répandait jusqu'aux quais. Il en sortait des milliers de drapeaux français.

– En attendant que le Président fasse son discours, dites-moi, Laurent Wauquiez, que ressentez-vous en cet instant ?

– Ce que je ressens, c'est avant tout une immense espérance ! Espérance dans la capacité de notre pays à se relever et à reprendre sa destinée en main. Une fierté aussi, de voir les Français nous faire confiance et croire dans notre projet de restauration de la souveraineté française, ils nous ont choisis car ils savent que nous seuls pouvons assurer un retour à l'ordre dans un contexte particulièrement violent que ce soit sur le plan des attentats, du chômage, des inégalités ou encore de l'explosion de nos modèles. Je suis évidemment ému de voir que tant de nos concitoyens se sont mobilisés. On parle de près de 92 % de participation si j'ai bien compris, c'est inédit, inespéré, c'est un sursaut démocratique et un sursaut patriotique. Nous prendrons dès la semaine prochaine des mesures exceptionnelles par le biais de décrets et nous allons également lancer, comme annoncé, divers référendums. Nous instaurerons très rapidement le référendum d'initiative citoyenne, tant demandé et espéré par nos concitoyens, et nous allons introduire une réelle proportionnelle à l'assemblée. L'heure est aux actes.

– Samir Samas, je vous laisse la parole.

– C'est une immense déception, la France a choisi la voie du rejet de l'autre, de l'Europe, du réfugié, du demandeur d'asile, de la diversité, des droits de l'homme et, plus loin, des Lumières. C'est un choc immense et je redoute la prise de pouvoir de cette jeune femme inexpérimentée et fascisée. Je prends acte de cette élection en tant qu'homme politique, élection qui est démocratique, mais je la rejette en tant que citoyen.

– Merci, Samir Samas, nous allons retrouver la place de la Concorde dans quelques instants pour suivre le premier discours de Marion Maréchal.

Maxime pleurait. Son soulagement était tel qu'il ne pouvait retenir ses larmes, et il n'était pas le seul. Enfin, enfin, le plafond de verre avait été brisé. Enfin, il allait voir l'État faire son travail : assurer la sécurité de chacun, contrôler les frontières, soutenir ses artisans et ses industries face à la concurrence internationale. Il sentait une excitation monter en lui et, tout en serrant ses amis dans ses bras, il se surprit à retrouver ce qu'il avait perdu des années auparavant : l'espoir.

***

Seine-Saint-Denis, 20 h 25

Samas n'avait plus le choix, il devait rallier les *leaders* de l'Union des Organisations Islamiques de France sans quoi il perdrait tout. Il était paniqué à l'idée de ce qu'il s'apprêtait à faire mais ses commanditaires ne lui laissaient pas le choix. En arrivant dans la ville, il vit des dizaines de milliers de personnes dans les rues. Son chauffeur peinait à traverser les rangs des manifestants. Arrivé sur la place centrale, il descendit de sa voiture et continua à pied vers le podium ou l'imam Oumar Ben Houdaypa haranguait la foule. En avançant, Samas sombra dans ses pensées. Il était fasciné par son échec. Que Castaner n'ait ni le charisme ni l'intelligence politique pour battre un candidat sérieux, c'était évident, mais Marion Maréchal était une enfant, formée par l'extrême droite, proche des identitaires… Elle aurait dû n'avoir aucune chance, même face à l'héritier de Macron.

Dès le début de la présidentielle, il avait été contacté par des membres de l'UOIF téléguidés par l'Arabie saoudite, le Qatar ou l'Algérie. Ils avaient conscience de l'échec potentiel de l'élection mais ils voulaient préparer l'après présidentielle. L'opportunité qu'avait Samas de devenir bras droit de Castaner était une occasion inespérée pour l'UOIF : enfin un haut dignitaire musulman était considéré comme suffisamment républicain pour devenir un potentiel Premier ministre. Il avait donc tout fait pour devenir une figure respectable aux yeux des Français durant la campagne, représentant modéré d'un islam de France ouvert et tolérant. Il avait été jusqu'à critiquer fermement les imams fondamentalistes et avait fait part de ses réticences quant à une immigration trop forte. Ses commanditaires l'avaient prévenu, une fois l'échec de Castaner officiel, si échec il y avait, il devrait se rendre immédiatement en Seine-Saint-Denis, l'une des banlieues les plus symboliques de France, pour demander à Marion Maréchal de respecter ses coreligionnaires. Ce qu'il ne savait pas, c'est que 1 500 imams et dirigeants salafistes préparaient le terrain en parallèle.

Samas fut finalement rejoint par deux colosses qui avaient dû le voir arriver, ils le guidèrent jusqu'au podium au pied duquel il retrouva Amar Lasfar, l'un des *leaders* musulmans en France. Ce dernier le regarda avec une pointe de mépris et lui dit sèchement : « Voici ce que tu dois lire, tu seras sur scène dans quelques minutes, toutes les caméras du pays seront braquées sur toi et ton discours sera projeté en direct sur des écrans géants dans 1 900 mosquées et sur les places de 700 villes. Tout repose sur toi, ne nous trahis pas. »

Samas fut sidéré par le ton impérieux de Lasfar, il s'apprêta à lui répondre mais ce dernier lui mit un papier dans les mains et s'éloigna. Il commença à lire le texte qui lui avait été rédigé pour se l'approprier et ne pas paraître le réciter, il fut saisi par l'intelligence du stratagème.

Il écouta la fin du discours d'un imam qu'il ne connaissait pas, sa voix chaude et puissante avait quelque chose de fascinant. Il louait le courage d'Samas, son engagement républicain, sa volonté d'aider les musulmans de France à être respectés dans le cadre d'une laïcité positive. Il conspua Marion Maréchal et sa haine de l'autre, et la foule la hua, il mit en exergue le fait qu'elle risquait d'envoyer l'armée face à des zones dites de non-droit au seul prétexte qu'y vivaient des citoyens français de confession musulmane.

À la toute fin de son discours, un autre imam monta sur scène et lui souffla un mot à l'oreille. L'orateur feint la surprise et annonça avec un grand sourire qu'Samas était présent dans la foule et qu'il souhaitait lancer un appel. La foule hurla et Samas monta sur la scène sous une acclamation effarante. Il savait que son discours allait probablement changer la face de la France, il allait mettre Maréchal et son gouvernement au pied du mur. L'imam lui tendit le micro avec un regard appuyé. Derrière son sourire Samas devinait un personnage sombre et violent. Il prit le micro et commença :

– Mes chers concitoyens, je m'adresse à vous tous,

je parle au nom des 922 zones qui seront qualifiées de non-droit par Madame Maréchal, dont la Seine-Saint-Denis fait partie, je parle au nom de tous les musulmans de France et je veux vous adresser un message de paix. Madame Maréchal a annoncé que, si elle était élue, l'armée serait envoyée dans ces zones pour nettoyer le pays de ses plus radicaux résidents. Ce que je suis venu vous dire, c'est que les zones dont elle parle ne sont pas en guerre ! Électeurs de Madame Maréchal, vous le voyez sur vos écrans, nous sommes en paix, nous vivons sans violence. Nous savons, vous et nous, que nous sommes différents, mais cela ne fait pas de nous des ennemis. Cela fait des décennies que nous vivons séparés, vous avez déserté les endroits où nous habitions, et je vous comprends. Nous ne voulons pas vous imposer notre mode de vie mais nous ne voulons pas du vôtre ! La liberté sexuelle, l'alcool, les tenus frivoles, le droit au blasphème... tout cela nous le rejetons, alors que cela fait partie intégrante de votre culture. Vos lois, nous ne les reconnaissons pas, notre culture vous n'en voulez pas. Alors cessons de vouloir nous imposer les uns aux autres, laissez-nous vivre là où nous vivons, donnez-nous la chance de vivre selon nos croyances et nos coutumes, nos règles et nos valeurs.

Nous demandons donc à Madame Maréchal de ne pas faire usage de la force, nous lui demandons de reconnaître les 922 zones géographiques comme étant des régions autonomes membres de la Fédération des

Régions Musulmanes de France. Nous ne demandons qu'à vivre en paix. Mes chers compatriotes, vous me connaissez, je ne suis ni un fondamentaliste ni un communautariste mais, je vous en conjure, puisque nous n'y sommes pas parvenus en 50 ans, cessons de vouloir nous mélanger. Vivons en harmonie, chacun selon nos règles, dans des frontières bien définies. Nous sommes évidemment prêts à respecter vos territoires, à ne jamais les remettre en cause, faites de même.

Je vous annonce enfin que, si l'armée devait venir, nous opposerions une résistance pacifique, nous ne serons pas ceux qui déclencheront une guerre civile. Ainsi, dans chacune des zones en question, des habitants vont bloquer les rues pacifiquement, une fleur à la main en signe de bienvenue. Car les habitants du peuple de France seront toujours les bienvenus chez nous et nous espérons que ce sera réciproque. Cela durera jusqu'à ce que Madame Maréchal accepte nos conditions. Si jamais l'armée devait essayer de forcer le passage, nous ne serions plus maîtres de nos résidents les plus radicaux, nous savons qu'une minorité de musulmans cherche à mettre de l'huile sur le feu, au même titre qu'une minorité d'identitaires pousseront le gouvernement à envoyer l'armée. Si vous nous laissez être maîtres de nos territoires, nous pourrons les contrôler et les pacifier. Mais si vous nous attaquez, ils feront tout pour lever leurs frères musulmans contre la France, et nous ne répondrons plus de rien.

Merci à tous de votre attention, j'invite désormais mes frères musulmans à se rassembler aux points d'accès de leurs quartiers et à les bloquer, sans arme, car c'est ainsi que nos compatriotes comprendront que nous sommes réellement ce que nous disons être : des innocents.

***

Place de la Concorde, 20 h 45

La place de la Concorde était bondée, une foule innombrable s'étendait des Champs-Élysées jusqu'au Louvre, le Jardin des Tuileries était noir de monde, l'ambiance était électrique, mélange d'excitation, de joie et d'attente. La scène, immense, placée à côté de l'obélisque, était occupée par une quarantaine de personnalités politiques parmi lesquelles on pouvait trouver Mariani, Bay, Tegner, Ciotti, Morano, Rieux… tous soutiens de Marion Maréchal. Mais à leurs côtés se trouvaient également des dizaines de dirigeants d'entreprise qui avaient soutenu sa candidature, une trentaine de responsables associatifs et une centaine de simples militants, heureux élus qui avaient été choisis au hasard dans la foule. La nouvelle présidente avait voulu marquer le coup en montrant que cette victoire n'était pas celle de l'élite mais celle du peuple. Devant eux se trouvait Laurent Wauquiez qui avait eu pour mission de faire le discours d'introduction. Seuls lui et la jeune présidente parleraient ce soir, telle avait été la décision de Marion Maréchal.

Laurent Wauquiez termina son discours sous les acclamations. Il ne savait pas qu'Samas avait fait le sien juste avant lui. Il conclut en appelant Marion au micro. Celle-ci arriva, un immense sourire aux lèvres, la clameur fut assourdissante et parut durer des minutes entières. Elle avait choisi la simplicité: un gigantesque drapeau flottait dans son dos, elle était seule avec un pupitre et un micro, sans fard.

– Merci, merci, chers amis! Nous l'avons fait! Elle laissa la foule hurler à nouveau, délirante. Ils pensaient que nous ne parviendrions jamais à leur prendre le pouvoir, ils pensaient leur domination éternelle, ils pensaient que leurs sièges confortables étaient un dû! Mais voilà, voilà que nous parvenons enfin à nous faire entendre, à faire passer les intérêts de la France avant les intérêts particuliers d'une petite élite, à reprendre notre destin en main face à ceux qui cherchaient à nous soustraire toutes nos libertés fondamentales! Liberté d'éduquer nos enfants comme nous le souhaitons et pas comme des idéologues voudraient nous l'imposer. Liberté de parole et d'opinion plutôt que l'insupportable politiquement correct qui nous censurait. Liberté de choisir de vivre selon nos coutumes et nos valeurs plutôt que celles imposées par un multiculturalisme écrasant et une mondialisation uniformisante. Liberté d'entreprendre sans être assommé par les charges sociales. Liberté de créer des industries sans risquer une concurrence déloyale et un dumping social, écologique ou fiscal. Liberté de choisir qui l'on accueille chez soi et qui l'on n'accueille pas!

La foule ponctuait chacune de ses phrases par des acclamations.

– Nous avons fait une partie du chemin, mais il nous reste la plus importante! Nous allons désormais mettre en œuvre, ensemble, notre programme, point par point, étape par étape, et ce, quelles que soient les réactions des adversaires de la France. Nombreux furent les commentateurs, observateurs et journalistes qui comprirent qu'elle parlait de ce qui se passait dans les cités, des centaines d'entre eux s'apprêtèrent à commenter cette phrase dans leurs articles, interviews et émissions.

– Cette réalité, nous en tiendrons compte, mais elle ne nous soumettra jamais! Nous resterons libres, nous resterons forts, et nous reconstruirons la France sur les ruines que nous ont laissées nos prédécesseurs. Vive la France!

La *Marseillaise* fut chantée, sans instrument, sans star, sans professionnel. Elle fut entonnée spontanément par la foule en liesse.

Au même moment, des centaines de messages de soutiens fleurissaient sur les réseaux sociaux. Le plus surprenant d'entre eux fut peut-être celui envoyé par Louis de Bourbon sur Facebook et Twitter. Il félicitait la jeune femme et lui enjoignait d'aller au bout de son programme.

***

20 h 55, plateau de TF1

Éric Zemmour était surexcité, il avait prévu depuis des années la chute du parti socialiste, l'arrivée d'une droite souverainiste au pouvoir, et même, avec Houellebecq, la domination des musulmans si la classe politique continuait à ne pas agir, à regarder béatement les populations immigrées s'installer et se ghettoïser. Il avait en revanche été surpris de voir les féministes et une partie de l'extrême gauche soutenir Castaner et son comparse musulman de manière si radicale. Leur haine du modèle de domination de l'homme blanc, riche et catholique perdurait, alors que ce dernier était mort depuis des décennies. Elles n'avaient pas compris que ceux qui les réduiraient au rang de reproductrices et de cuisinières étaient les musulmans et non les chrétiens. Elles avaient 50 ans de retard… Il avait prôné depuis des années l'alliance des populistes face aux nouvelles bourgeoisies – et il avait eu raison avec Christophe Guilly et quelques autres. Il avait été heureux de voir la bourgeoisie catholique reprendre majoritairement la voie patriotique plutôt que continuer à défendre ses intérêts propres.

Léa Salamé concluait les échanges qui avaient lieu entre les membres de Restauration et de LREM. Éric Zemmour avait hâte d'entrer dans l'arène. Les débatteurs seraient remplacés par Domenach, son vieil adversaire de débat avec qui les relations s'étaient tendues au fil des ans. Zemmour savait que Domenach s'enfonçait dans ses contradictions depuis des années et qu'il voyait tout ce qu'il avait défendu s'écrouler sans vouloir y croire. Askolovitch serait également de la partie. À deux contre un, la soirée s'annonçait tendue.

– Éric Zemmour, je n'ai plus besoin de vous présenter. Vous avez écrit récemment *La France islamique*, livre qui est encore en tête des ventes, vous avez également conseillé Marion Maréchal pour l'élaboration de son programme. Alors je vous pose la question : est-ce que vous saviez que votre candidate gagnerait ?

Éric Zemmour poussa son habituel petit soupir, avant de répondre :

– D'abord ce n'est pas ma candidate. Vous savez, je ne fais pas de politique au sens pratique du terme. Je fais de la politique en défendant des idées. J'ai rencontré Maréchal à sa demande et j'ai accepté de la représenter à quelques reprises mais c'est tout.

Léa Salamé lui répondit dans un sourire :

– Mais vous avez forcément voté pour elle, Éric Zemmour, puisque vous l'avez représentée en tant que porte-parole !

– Alors je vais vous dire quelque chose que je répète depuis des années : mon vote ne vous regarde en rien. Ceci dit, pour la première fois en 40 ans de journalisme, je vais vous le dire : oui, j'ai voté pour Marion Maréchal. Pour revenir à votre première question, non je ne savais pas qu'elle gagnerait. En vérité, je n'en savais rien, les sondages changeaient d'un jour à l'autre jusqu'à la semaine dernière, je savais qu'elle avait une immense majorité potentielle, pour autant j'avais peur de l'abstention. Vous comprenez ce que je veux dire, il n'était pas sûr qu'elle arriverait à mobiliser la France périphérique qui s'est éloignée de la politique depuis des décennies, et encore moins les catholiques qui ont toujours refusé toute porosité avec la droite des Le Pen. Et de l'autre côté, on avait Castaner qui faisait une campagne destinée à plaire aux immigrés récents, aux bobos et aux grands gagnants de la mondialisation comme Macron avant lui. Il a plutôt bien réussi d'ailleurs, si l'abstention avait été de 25 % comme au second tour en 2012, il aurait été tout prêt de la victoire. En l'occurrence, Maréchal a su mobiliser son électorat bien au-delà de ce que l'on pouvait imaginer et, en plus, Castaner a été abandonné par une partie de l'extrême gauche.

Domenach était aux aguets, il sauta sur la première occasion pour répéter sa ritournelle.

– Ce qui m'étonne chez Éric, c'est qu'il a entendu le discours de son poulain, il ne peut plus nier qu'il a permis à un gouvernement néofasciste de prendre le pouvoir en France.

Cette fois, Éric Zemmour lui répondit d'un ton sec.

– Parce que c'est moi qui suis responsable des résultats de cette élection ? Des attentats ? Des émeutes ? De la pauvreté ? De la mort de nos agriculteurs ? C'est moi qui fais que, depuis les années 2000, les Français se séparent et vivent dans des ghettos ? Que les zones de non-droit s'étendent ? Que les attentats se multiplient ? Que les Français, qu'ils soient blanc ou immigrés des premières générations, fuient les nouvelles vagues migratoires depuis des années ? Mais arrêtez avec cette rengaine, plus personne n'y croit ! Si Marion Maréchal a été élue, c'est très simple et je vais vous l'expliquer en une phrase. C'est uniquement parce que vous avez méprisé, humilié et caché la majeure partie du peuple français. C'est vous qui êtes responsables de son élection et, personnellement, je m'en réjouis parce qu'elle était nécessaire.

– Et voilà les fantasmes d'Éric qui reviennent. Les Français n'ont pas été humiliés pendant des décennies par de méchants journalistes, les Français vivent dans une démocratie et, pendant près de 70 ans ils ont toujours choisi des candidats non extrêmes. S'ils ont choisi Maréchal, c'est parce que quelques émeutiers ont mis un sacré, pardonnez-moi l'expression, bordel dans le pays et aussi parce que Zemmour et ses comparses ont soufflé sur les braises pour faire passer les extrémistes comme unique recours face aux violences. Vous avez réussi l'exploit d'amalgamer tous les musulmans aux extrémistes, maintenant ça va être la chasse aux sorcières.

– Mais arrête Nicolas !

Zemmour et lui ne se tutoyaient jamais sur les plateaux mais la passion du débat l'avait emporté sur leurs habitudes. Il reprit avec colère :

– Il ne va rien se passer du tout. Oui les banlieues

vont être enfin nettoyées des salafistes, oui des centaines de mosquées vont être contrôlées et des dizaines ou des centaines d'imams renvoyés en Algérie ou au Maroc, oui on va interdire le financement des mosquées par des puissances étrangères, oui on va renvoyer les clandestins dans leur pays. Et alors ? C'est ça le fascisme ? La haine de l'autre ? C'est simplement du pragmatisme, Nicolas, c'est juste l'application de nos lois et de nos valeurs qui sont, quoique tu dises, à l'opposé de celles de nos ennemis.

– Tu viens de décrire un programme hallucinant ! Hallucinant, Éric ! Et tu penses que ça va se faire sans violence ? Sans douleur ?

– De deux choses l'une, Nicolas. Soit Maréchal va au bout de son programme auquel cas les banlieues finiront par se rebeller car les extrémistes islamiques n'auront pas le choix, ils seront obligés de réagir face à l'expulsion de tous les prêcheurs salafistes, et ça nous permettra de séparer le bon grain de l'ivraie et de sécuriser le territoire. Soit elle accepte l'ultimatum d'Samas, auquel cas c'est la France périphérique qui mettra le bazar, les Natifs ne relâcheront pas leur garde. Les Français ont compris qu'ils pouvaient faire tomber un gouvernement avec Macron mais, mieux, ils ont compris qu'ils pouvaient élire le candidat qu'ils voulaient contre l'avis de 100 % des médias et 90 % des élites, et ça c'est une révélation qu'ils n'oublieront pas. Maréchal a intérêt à ne pas les décevoir, sans quoi elle subira un gros revers.

Domenach avait les yeux écarquillés, il écumait, persuadé qu'il avait enfin la preuve que Zemmour était devenu fou.

– Donc tu es pour l'usage de la force? L'armée sera face à des enfants, des femmes et des hommes non armés. Tu veux quoi? Qu'elle tire dans le tas? Tu veux un Tian An Men à Aubervilliers?

– Je ne veux rien! Je te dis juste quelles sont les options du gouvernement. Tu crois vraiment que, si on laisse ces gens-là vivre entre eux, ils vont adopter un mode de vie démocratique? Tolérant? Respectant les droits de l'homme? Laisser les banlieues être autonomes, c'est les laisser sous le joug des salafistes, et tu le sais très bien!

– Laisse les vivre Éric! Tu ne veux pas les voir, tu ne les supportes pas, alors fous-leur la paix, laisse-les entre eux, ça devrait te faire plaisir!

– T'as raison Nicolas, je devrais me réjouir, ça les concentrerait dans des zones bien précises et on pourrait mieux les contrôler. Mais ça signifierait qu'on laisserait, sur notre territoire, des personnes vivre sous un régime islamiste, et ça je m'y refuse. La partition de la France, c'est la mort de la France. En tout cas, je sais une chose, c'est que les Français ne laisseront pas les banlieues devenir autonomes. On leur a imposé des valeurs soixante-huitardes qu'ils ne voulaient pas pendant 40 ans, on leur a ensuite imposé un islam qu'ils ne voulaient pas pendant 30 ans. Ils vont vouloir montrer les muscles pour forcer Maréchal à aller au bout maintenant qu'elle est élue.

Claude Askolovitch prit pour la première fois la parole.

– Tu prends tes désirs pour des réalités, Éric. Tu penses vraiment qu'il y a suffisamment de fachos dans ce pays pour pousser Maréchal à aller encore plus loin dans son programme ? Tu crois finalement au retour des ligues, si je comprends bien.

– Non, Claude, tu ne vois rien ! Je te parle des agriculteurs, des routiers et des petites gens. Mais je te parle aussi de la bourgeoisie catholique qui, que tu le veuilles ou non, s'est réveillée depuis le mariage pour tous. Ils ont compris depuis longtemps que, si l'État ne reprenait pas le contrôle des cités, notre parodie de démocratie les tuerait à moyen terme. Le grand remplacement que vous n'avez pas voulu voir, il est là ! Sauf que ce ne sont pas les remplaçants qui ont gagné, ce sont les autochtones.

Léa Salamé reprit la parole.

– Mais vous êtes donc pour une guerre civile, Éric Zemmour ? Est-ce que vous l'appelez de vos vœux cette guerre ? Est-ce qu'à force de la prophétiser, vous n'allez pas la provoquer ?

– Arrêtez avec ça ! Ça ne marche plus. Je ne souhaite rien, je vous parle de faits. D'un côté, si elle envoie l'armée, les banlieues vont s'enflammer pour la faire tomber comme ils ont fait tomber Macron avant elle ;

de l'autre, les Natifs vont la pousser à nettoyer les cités et, si elle ne fait rien, ils iront déclencher eux-mêmes la guerre civile. Chaque camp a trouvé ses chefs et les suivra. Et je peux vous dire que, si elle ne se positionne pas vite, si l'État n'assure pas son rôle et ne rétablit pas l'ordre et la sécurité, elle sera prise entre deux feux. Et là, la démocratie s'effondrera et la France avec elle.

– III –
Fragmentation

À l'évidence, j'étais dans une en position délicate, l'arrivée de Maréchal au pouvoir ne pouvait en aucun cas m'être bénéfique. Elle allait probablement s'attaquer au système ultralibéral, ce qui inquiéterait nécessairement mes clients et grèverait leur développement. Elle allait remettre en cause l'Europe, les frontières, les avantages dont bénéficiait l'élite en place. J'avais vaguement songé à quitter le pays, je trouverais un travail à Londres ou New York en un claquement de doigts, mais je m'étais rendu compte avec surprise que la France me manquerait.

J'avais alors sorti mon téléphone pour appeler Alexandre, un ami d'enfance avec qui j'avais toujours eu de bons rapports malgré ses opinions politiques à l'opposé des miennes. Je savais qu'il était proche de Maréchal et je voulais comprendre quelles étaient ses intentions.

J'avais hésité tout au long de l'élection à m'abstenir. Je ne voulais évidemment pas voter pour Maréchal, digne héritière de l'homme du détail et de son insupportable tante, mais je n'avais pas envie de soutenir non plus Castaner l'incapable et son coéquipier dont la radicalité transpirait par tous les pores, malgré son sourire policé et son langage courtois.

J'avais finalement opté au dernier moment pour un vote blanc, j'en connaissais l'inutilité, mais je ne pouvais me résoudre à avoir la responsabilité de ne serait-ce qu'un millionième du résultat de l'élection. Mes parents avaient évidemment voté pour Castaner, convaincus que leur mode de vie serait ainsi préservé et que leurs vies gâchées iraient à leur terme sans heurt particulier. Je les enviais presque de leur égocentrisme. Ils ne se posaient aucune question métaphysique, seul importait leurs petites destinées et le plaisir qu'ils pourraient tirer d'une vie sur terre bien remplie de loisirs mais totalement vide de sens. Ils reflétaient probablement une partie non négligeable de nos aînés qui avaient été broyés par la consommation de masse et le marketing.

Alexandre avait tout de suite accepté de me rencontrer, il semblait presque attendre mon appel tant sa réponse avait été surprenante : « Ah ! Génial. On se voit la semaine prochaine si ça te va ! »

C'était ce « Ah ! » qui m'avait surpris, et j'avais raison de soupçonner qu'il espérait que je l'appellerais.

***

Palais de l'Élysée, une semaine après l'élection

Elle regardait le parc depuis la fenêtre de son bureau, il l'apaisait avec sa verdure et ses arbres en fleurs, elle était dans un écrin de calme.

Alexandre insistait.

– Soyons clairs Marion, tu n'as absolument aucune alternative, tu ne pourras pas choisir un entre-deux. Soit tu agis tout de suite en envoyant l'armée dans les cités et tu auras notre soutien, soit tu les laisses être maîtres de leur territoire et nous prendrons les choses en main. Je ne veux pas d'une guerre, mais nous ne pourrons pas éviter ce nettoyage, la situation est trop pourrie et depuis trop longtemps. Ils sont encore persuadés que nous sommes trop faibles pour nous défendre. Ne leur donne pas raison, s'il te plaît.

Elle ne voulait pas fléchir, le risque était trop grand pour elle.

– Tu ne te rends pas compte de ce que tu demandes. La sortie de crise que propose Samas est évidemment impossible à accepter, mais nous pouvons négocier. Nous allons fermer les frontières quoi qu'il en soit. Si le flux migratoire se tarit et que nous contrôlons ceux qui sont là, nous tenons peut-être une solution raisonnable.

– Réfléchis-y bien, Marion ! Tu vas créer un appel d'air ! Les musulmans de tout le Maghreb et du Moyen-Orient vont comprendre que les leurs sont maîtres chez nous, sur une partie non négligeable de notre territoire. Qu'est-ce que tu crois ? Que nos frontières seront infranchissables ? Autant l'Italie a accepté de faire le boulot pour bloquer ses frontières extérieures et intérieures, autant l'Espagne s'en fiche complètement. Ils savent qu'ils ne sont qu'un point de passage. Donc on doit envoyer un signal très fort : un, nous n'accepterons plus d'immigrés hors droit d'asile, et l'assimilation de ces derniers sera totale. Deux, la charia ne s'appliquera sur aucune portion de notre territoire, les musulmans doivent se soumettre aux lois de la République. Trois, la politique de la France sera désormais nataliste avec une réelle incitation pour les classes moyennes et les CSP+, sans quoi, même en cas de fermeture des frontières, nous serons submergés par la simple démographie. Si nous ne redressons pas la courbe de natalité de nos concitoyens, dans 30 ans nous serons minoritaires…

Marion se taisait, sa prise de poste avait été chaotique, si la majorité des Français était enchantée de son élection, ce n'était pas le cas des Parisiens chez qui elle n'avait recueilli que 39 % des voix. Évidemment, les privilégiés des centres-villes ne voyaient pas d'un bon œil son arrivée au pouvoir. Ils n'étaient absolument pas impactés par l'immigration, ils avaient leur propre frontière avec les migrants : celle de l'argent. Les seuls gens de couleurs qu'ils voyaient étaient leurs collègues de travail bien intégrés et parfaitement français, leurs épiciers ou leurs maraîchers, et leurs éboueurs ou chauffeurs uber. Pas de quoi faire un rejet massif de l'arrivée de 400 000 personnes par an.

Elle était entrée à l'Élysée dès le lendemain de son élection, la règle avait été modifiée au vu de l'urgence de stabiliser le pays. Castaner ne s'était même pas présenté à l'Élysée. Il n'y avait pas vécu pendant son intérim et il avait refusé de venir officialiser la passation de pouvoir. Elle avait accepté le camouflet, elle n'en attendait pas moins de ce pauvre homme, et elle avait immédiatement annoncé la composition de son gouvernement. Pour moitié professionnels de la politique, pour moitié issus de la société civile, elle voulait des experts à la tête de chaque ministère. Elle avait réduit au maximum le nombre de portefeuilles ministériels considérant qu'il fallait envoyer un signal aux Français : nous les premiers, nous allons faire des efforts sur les dépenses publiques.

Dès le premier jour, une manifestation monstrueuse s'était tenue sur les Champs-Élysées contre sa victoire. Elle s'y était attendue et, heureusement, les Natifs l'avaient aussi anticipé. Ils avaient organisé un gigantesque rassemblement aux Invalides pour la soutenir, ils avaient rameuté leurs troupes en affrétant des centaines de cars depuis toute la France, financés par un milliardaire. Les médias avaient évidemment minimisé le rassemblement et n'avaient filmé que les manifestants sur les Champs. La manifestation avait mal tourné, des casseurs s'en étaient pris au mobilier urbain mais, heureusement, au bout de 48 heures, ils avaient été réduits à un petit groupe. Même les médias avaient dû reconnaître que cette méthode était irresponsable et anti-démocratique. Elle avait laissé toute latitude au nouveau préfet pour stopper l'émeute, il avait parfaitement géré la situation.

Elle se retourna vers son ami, son visage était fermé, elle savait qu'il ne lui pardonnerait pas si elle trahissait ses engagements. Mais elle avait un plan en tête et il devrait lui faire confiance.

– Tu sais quel est le problème, Alexandre ? Le problème, c'est la continuité de notre politique. Même si je me bats pendant des années, même si je tiens deux mandats d'affilée, mon successeur, pour peu qu'il vienne du camp adverse, risque de détruire tout ce pour quoi on se sera battu. Tu vas trouver ça étrange mais, à peine élue, c'est la chose qui m'effraie le plus… Je me demande si mes prédécesseurs avaient la même appréhension que moi. On a un problème de fond avec le système en place, il est quasiment impossible de réformer suffisamment le pays, cinq ans ne le permettent pas, surtout si le suivant revient sur la moitié de ce qui a été fait.

Elle se tut, pensive, avant de reprendre le fil de leur discussion.

– Je ne peux pas me permettre de mettre en péril l'unité de notre mouvement. Restauration est un parti fragile et prendre des mesures radicales dès maintenant serait trop dangereux. Tous les médias sont aux aguets pour nous tirer dessus, tous nos adversaires politiques attendent le premier faux pas. Je dois d'abord négocier et laisser une chance à Samas et ses complices de faire une proposition acceptable. Si ce n'est pas le cas, je pourrai prendre les mesures nécessaires. Nous sortons à peine de plusieurs mois d'une violence inouïe, laisse-moi le temps nécessaire. Si tu ne me soutiens pas, si les Natifs ne sont pas derrière moi, nous ne tiendrons pas. Fais-moi confiance et mobilise tes troupes s'il te plaît. De mon côté, je vais négocier avec lui des conditions drastiques pour reprendre progressivement le contrôle du territoire. C'est lui qui fera un faux pas, pas moi.

Il se leva, la regarda avec une pointe de déception et se dirigea vers la porte.

– Nous allons te soutenir Marion, mais si le 1er juillet, tu n'as pas repris le contrôle des cités nous le ferons nous-même.

La porte se referma derrière lui, elle soupira de soulagement, elle avait joué un jeu dangereux, elle le savait. Les Natifs ne travaillaient pas pour eux-mêmes, et Alexandre en particulier. Ils ne voulaient que restaurer la France et protéger les Français. Ils étaient prêts à tout pour réussir, il fallait qu'ils restent alliés au gouvernement, sans quoi elle tomberait.

Elle lui envoya un simple SMS : « Merci de ta confiance, je ne vous décevrai pas. »

Elle se prépara à son premier conseil des ministres, il allait falloir agir vite et fort. Elle prit ses dossiers et se dirigea vers le salon Murat où se tiendrait la réunion.

***

Salon Murat, Palais de l'Élysée

Les ministres étaient calmes, souriants, confiants. Laurent Wauquiez les regarda un à un.

À sa gauche était assis Robert Ménard. Il avait été appelé pour occuper la Place Beauvau. Le ministère de l'Intérieur lui allait bien car il venait du terrain. En tant que maire de Béziers, la population l'avait réélu à 60 %, en particulier grâce à sa politique sécuritaire et à ses actions en faveur de la police et à l'encontre des délinquants. Wauquiez n'avait d'abord pas été favorable à cette nomination mais Marion avait insisté. Il le trouvait trop grande gueule, il manquait de calme sur les plateaux et il était du genre à faire cavalier seul. Mais il lui reconnaissait un grand courage politique et un vrai sens du bien commun. Ménard était en pleine discussion avec Guaino qui avait obtenu d'être Garde des Sceaux. Ce dernier connaissait bien les rouages et savait qu'il ne devrait pas faire trop de vagues. Sa place était l'une des plus risquées car la réforme de la justice allait être considérable. À l'Éducation nationale, ils avaient nommé François-Xavier Bellamy. Lui serait un atout sérieux, il était brillant, jeune, parlait bien, était mesuré, il bénéficiait d'un énorme capital confiance et on lui prêtait une sincérité pour partie liée à son visage poupin. Lui et Wauquiez s'estimaient mutuellement depuis leur défaite commune aux européennes. Bellamy avait de belles idées pour renouveler le système éducatif français.

Il attendait, silencieux, sagement même, que débute le conseil.

En face de lui, plongé dans la lecture d'un premier rapport, Pierre de Villiers avait hérité de la Défense et des Armées, Wauquiez savait pouvoir compter sur l'ancien chef d'état-major des armées. Son voisin de table, Hervé Juvin, avait quant à lui la charge du ministère de l'Industrie, du Travail et de l'Écologie. Ses deux grands objectifs dans les cinq ans à venir seraient la baisse du chômage et la protection de l'industrie française pour permettre sa renaissance. Il aurait du boulot. Cet ex-chef d'entreprise avait la légitimité nécessaire. À l'Immigration, ils avaient mis Mariani qui avait du cran et qui ferait bien le job. Il était passé des Républicains au RN en 2018 et avait des connexions dans les deux partis.

Ils avaient placé à l'Économie et aux Finances Hervé Gaymard qui avait accepté la charge et un grand chef d'entreprise aux Comptes publics. Le ministre de l'Agriculture était le dirigeant de l'une des plus grandes coopératives françaises. Enfin, aux Affaires étrangères et européennes, c'est Dupont-Aignan qui avait été choisi.

Wauquiez regarda l'ensemble de son gouvernement, pas une seule femme. Il avait appelé sept candidates, toutes avaient refusé, et Marion se moquait de la parité : « Si on me reproche à moi, une femme, d'avoir un gouvernement trop masculin, ce sera le comble ! »

La porte s'ouvrit, elle entra, il la laissa s'installer et

lui donna la parole d'un simple regard. Elle les regarda avec fierté, certaine que cette équipe pouvait réussir à redresser la barre avec courage, quelles que soient les tempêtes à traverser. En leur souriant, elle leur dit :

– Merci. Merci à chacun de vous car je sais que vous êtes conscients que l'engagement que vous prenez en entrant au gouvernement ne sera pas une partie de plaisir. Merci d'avoir pactisé avec le diable.

La plupart des nouveaux ministres sourirent à ces mots.

– Je suis très heureuse que vous ayez accepté de faire partie du gouvernement de Laurent. Nous vous avons choisis parce que nous vous estimons, nous avons confiance en vous et nous vous pensons à la hauteur de l'enjeu. C'est aujourd'hui que notre mission commence, elle est collective, elle va durer cinq ans, elle va être complexe, longue. Nous allons souffrir car nous allons prendre des décisions graves, radicales, sans appel. Chacun de vous aura une feuille de route avec des enjeux lourds à porter et à défendre devant les Français. Nous allons agir au mieux, dans l'intérêt de notre pays, mais nous allons aussi devoir prendre des risques.

Vous le savez, j'ai porté un programme précis et exigeant durant la campagne, je compte bien l'appliquer à la lettre, tant que cela sera bénéfique à nos concitoyens. Certaines mesures vont être très impopulaires, d'autres nous mettront en conflit avec des pays qui se disent nos alliés, la plupart seront de toute façon attaquées par les médias. Nos porte-parole seront donc absolument nécessaires à la réussite de nos actions, je vous les présenterai dans un second temps. J'attends de chacun de vous une loyauté totale, toute personne qui fera cavalier seul sera immédiatement renvoyée du gouvernement. Si nous ne jouons pas collectif, nous n'arriverons à rien. Vous savez tous ce que nous allons faire. Si vous êtes ici, c'est parce que vous soutenez la totalité de notre programme. J'aimerais maintenant laisser Laurent vous expliquer notre feuille de route jusqu'aux législatives.

Laurent et Marion avaient réparti leurs rôles entre eux, de façon à éviter les dysfonctionnements qu'avaient connus Sarkozy et Fillon ou encore Hollande et sa gestion du gouvernement par SMS.

– Merci Marion. D'abord, bienvenue à tous. Pour certains d'entre vous c'est une première, d'autres sont plus habitués aux arcanes du pouvoir. Notre petit-déjeuner de ce matin a dû vous familiariser avec les lieux et une partie du protocole. Marion l'a très bien dit, nous allons en prendre plein la figure ! Un rire parcouru la salle, l'ambiance se détendait peu à peu. Mais nous ne reculerons pas. Nous avons décidé, avec Marion, de fonctionner de manière beaucoup plus équilibrée que ne l'ont fait nos successeurs. Marion va être garante du cap à tenir, des réformes de fond et des relations avec nos alliés européens. De mon côté, je vais être beaucoup plus en réaction à l'actualité, nous devrons être unis pour la protéger des attaques directes quant à nos actions. Chacun d'entre vous devra donc être clairement identifié comme responsable de la réforme qu'il défendra, je serai en seconde ligne et Marion n'interviendra que lorsque cela sera nécessaire. Nous ne devons pas être victimes du temps médiatique. Le mot d'ordre est donc, je le répète, unité et solidarité. Et si on y ajoute un peu d'humilité, alors je pense que les Français nous suivront. Au boulot !

***

À deux pas de l'Élysée

Alexandre avait l'air un peu tendu, il l'était rarement, je m'inquiétais donc de savoir ce qui se passait mais ses réponses étaient évasives. Il finit par s'enquérir de ma situation.

– Tu sais Alex, je suis de moins en moins fana de ce que je fais. J'ai des missions passionnantes mais je bosse comme un dingue et j'ai cruellement l'impression d'être inutile. Pas en tant que consultant, mais plutôt en tant qu'individu. Je ne construis rien à part un capital confortable et un beau CV. J'aimerais bien faire des choses plus constructives, plus utiles.

– Fais comme tout le monde alors, engage-toi dans une association d'écolo pour dépolluer les bords de Seine, ou bien fais des maraudes pour les sans-abri, ce ne sont pas les besoins qui manquent !

J'y réfléchis quelques secondes, je sentais une légère condescendance dans sa façon de me présenter les choses. En vérité, j'avais déjà pensé à quitter mon travail pour m'engager dans une association ou une entreprise porteuse de valeurs plus fortes. Mais j'avais toujours été retenu par mon confort, mon salaire. C'est en lui répondant que je pris conscience que d'autres engagements pourraient me tenter.

– En fait, je crois que le monde associatif ne m'attire pas parce qu'il ne répond généralement qu'à un aspect du problème : les SDF, les prostituées, les personnes handicapées ou âgées… Plus j'y pense, plus je crois que ce qui me bloque, c'est le manque de vision d'ensemble. C'est d'ailleurs le seul point qui m'intéresse dans mon travail, j'ai un impact sur la stratégie des entreprises, en intégrant un maximum de paramètres. C'est ce qui est passionnant tu vois ? La vision transversale.

Il souriait en m'écoutant, il me répondit :

– Tu sais, ça fait quelque temps que je voulais t'en parler, tu devrais réfléchir à travailler pour l'État, à l'Élysée en tant que conseiller spécial, ou dans l'un des grands ministères. Je crois que c'est ce à quoi tu aspires sans le savoir. Avoir un impact sociétal et social important, tout en conservant un bon niveau intellectuel.

– Quoi ? Pourquoi ? Je ne vois pas ce que j'y ferais. Je n'ai pas la formation pour ça !

– Tu serais mille fois meilleur que tous les blaireaux qui y bossent. Cela dit, il y a un vrai renouvellement dans les cabinets, Marion a compris qu'il fallait qu'elle s'entoure, et ses ministres avec elle, de professionnels en partie issus de la société civile. C'est amusant mais le premier réflexe des gars qui ont fait des écoles de commerce, c'est de croire qu'en dehors de l'ENA, l'ENS ou Polytechnique, il n'y a pas de place dans les ministères. C'est faux.

– Tu me vois sérieusement travailler pour l'extrême droite ?

– Là on parle d'action, pas d'idéologie. J'ai été surpris de voir des hauts fonctionnaires continuer à travailler pour Marion comme il le faisait pour Macron et Hollande avant elle. Je ne comprenais pas pourquoi ils acceptaient de bosser pour l'opposante la plus éloignée de leur vision de la France et de l'administration. Mais la réalité, c'est qu'ils sont tous conscients que son programme pourrait changer les choses et que ce n'est pas plus mal. Ils sont évidemment en opposition frontale avec elle et ils feront tout pour l'empêcher de mener à bien certaines de ses réformes, mais ils continuent à faire tourner le pays en parallèle. Tu serais probablement surpris du nombre de réformes qui te paraîtraient justes si tu creusais un peu le sujet. Je serais intéressé d'avoir ton point de vue sur certaines d'entre elles, je crois que tu es moins éloigné de nous que tu ne le penses.

Mais je n'en pensais rien, ou plutôt je ne pensais rien, je ne savais pas quoi répondre tant il me semblait invraisemblable qu'il me prête la moindre opinion politique digne d'être entendue.

– Mais en quoi mon opinion pourrait t'intéresser? Tu sais, je suis tout sauf un pro de la politique. Ça m'intéresse mais de là à m'y engager…

Il sourit d'un air gêné:

– Tu comprends, tu serais le cobaye parfait, sans vouloir t'offenser. Tu as été formaté par des années de lavage de cerveau médiatique, je sais que tu suis beaucoup la politique via les médias. Tu as un esprit brillant. Tu es plutôt conformiste mais, contrairement à beaucoup de tes amis de Mc Kinsey ou HEC tu viens d'un milieu traditionnel, catholique, et tu as choisi de ne pas le renier. En tout cas, pas totalement. Je connais, on en a suffisamment parlé ensemble, tes positions sur la GPA ou la PMA pour tous. Je sais que tu es mal à l'aise avec le relativisme ambiant ou que tu ne comprends pas bien pourquoi on favorise plus le migrant venu de Côte d'Ivoire plutôt que le SDF du coin de la rue, ou que tu te poses des questions sur les 230 000 avortements que l'on pratique chaque année en France.

– Et?

– Et ça fait de toi un bourgeois, mais un bourgeois à l'esprit libre et qui hésite, comme le dit Zemmour, entre deux camps. Celui des bourgeois libéraux et mondialistes qui espèrent et se battent pour que le libéralisme s'arrête à l'économie et ne vienne pas sur le terrain sociétal contre le camp de ceux qui estiment que le libéralisme et la mondialisation détruiront, qu'on le veuille ou non, les structures traditionnelles que sont les nations, les familles ou encore les cultures. Ces deux camps sont évidemment opposés au troisième qui considère que le libéralisme est une fin en soi et qu'il est inéluctable. Si tu te renseignais à fond sur les différents sujets qui touchent notre société, je suis certain que tu choisirais le second camp, celui qui est le moins intuitif à tes yeux.

– Pourquoi le moins intuitif?

– Parce qu'il peut détruire une partie de ce qui fait ton confort! Cela signifie que la mobilité des hommes sera un peu plus restreinte, que la fraude fiscale sera impossible, que la création d'un *business* sera moins rapide à l'échelle internationale, que les écarts de salaires ahurissants que nous constatons aujourd'hui seront réduits, qu'Amazon ne te livrera plus en 24 heures des produits fabriqués la semaine précédente en Indonésie par des entreprises dont on ne sait rien! Bref, ton confort sera forcément impacté et, même si c'est de façon marginale, c'est toujours désagréable. Mais si je te convaincs que ça sauvera des centaines de milliers de personnes, je suis sûr que toi, contrairement à tes copains, tu me suivras.

– Mais ça ne m'explique pas en quoi je peux t'être utile!

– Tout simplement parce que nous sommes peu nombreux à avoir nos idées parmi l'élite du pays. La plupart des gens sont gangrenés par la soif de confort matériel, aveuglés par leur besoin de richesse ou de pouvoir. Autant nous avons des millions de partisans dans les couches populaires, autant nous en avons peu dans celles qui dirigent le pays. Et le problème, c'est que parmi ceux qui défendent nos valeurs, beaucoup, et c'est normal, se retrouvent dans un entre-soi qui limite énormément notre prise de recul. Pour pallier ce problème, j'ai besoin de petits génies comme toi. Nous devons nous entourer de vrais professionnels dans tous les domaines et nous devons être aidés pour *challenger* nos idées grâce au regard de personnes loin de nos réseaux.

– En gros, tu veux te servir de moi pour mieux pousser votre programme auprès d'un électorat bourgeois de centre-ville sans provoquer trop de remous.

– Tant que tu ne comprendras pas qu'on ne pousse aucune réforme pour des raisons électoralistes, tu ne pourras pas voir ce que nous essayons de faire.

Je le regardais d'un air goguenard.

– Donc tu me dis que des politiciens qui ont gagné l'élection n'ont pas défendu le programme qui les ferait gagner ?

– Il se trouve que notre programme répond précisément aux aspirations du peuple, ce qui ne nous empêche absolument pas d'être convaincus que c'est le bon. Au contraire.

– Donc tu es vraiment persuadé que vous allez changer les choses et sauver la France ?

– Et l'Europe avec elle, oui. En tout cas, nous nous battrons jusqu'au bout pour y parvenir.

Je l'écoutais, la bouche probablement légèrement ouverte, sa dernière phrase me sidérait, son ton me sidérait, son regard me sidérait.

Il y croyait vraiment, l'imbécile.

***

L'Élysée avait annoncé que la traditionnelle rencontre avec le chancelier allemand était reportée, Maréchal avait choisi de rencontrer en premier lieu Matteo Salvini pour montrer à l'Europe que la France allait lancer une nouvelle ère dans la construction européenne. Salvini était devenu président du conseil des ministres en Italie après une série de victoires électorales éclatantes. Il avait tenu son programme et les Italiens voyaient enfin les fruits de son travail, le tout sur fond de baisse drastique du nombre de migrants, assainissement des finances publiques, investissements industriels…

Elle avait ensuite pris date avec les gouvernements hongrois et polonais, puis elle irait rencontrer le président russe, avant de rencontrer son homologue allemand. La nouvelle avait été perçue comme un camouflet pour l'Allemagne et les médias s'en donnaient à cœur joie. « Maréchal se croit en 40, mais contrairement à Pétain, elle résiste à l'ennemi allemand » jactait Joffrin dans son édito pour *Libération*, quand *Le Monde* annonçait : « Quand la France commence à sortir de l'Histoire. » À l'inverse, *Valeurs Actuelles* défendait l'attitude adoptée par le pouvoir en place avec un titre racoleur: « La résistante. »

Le signal envoyé par la France était fort: rencontrer les pays les plus éloignés de la vision portée par Bruxelles et les États-Unis, avant même de rencontrer l'allié outre-Rhin, était historique. Les grands médias des pays européens évoquaient tous le choix de la jeune présidente et l'idée que la France devienne chef de file d'un groupe de pays porteurs d'une nouvelle vision de l'Europe parcourut le continent.

Laurent Wauquiez, lors d'une interview avec Patrick Cohen, annonça: « Oui, nous allons mettre fin à des décennies de domination germanique sur l'Union européenne et nous allons nous allier avec tous les pays qui estiment qu'il est anormal que seul un pays bénéficie d'un excédent commercial sur le continent européen. Oui, nous allons entrer dans une nouvelle ère et la France sera porteuse d'une dynamique qui révolutionnera l'Europe. Soit l'Union européenne respectera les attentes des peuples qui la constituent: défense de notre sécurité, respect de l'identité européenne, amour de notre histoire et de nos racines, création d'une puissance politique, économique et militaire majeure, mais aussi prise en compte de la souveraineté et de la culture de chaque État, arrêt des réglementations invraisemblables et protection des frontières... soit nous la quitterons d'une façon ou d'une autre. Nous savons que plusieurs pays sont à l'écoute de nos propositions et regardent avec bienveillance notre ambition de rééquilibrer l'Europe mais aussi le monde. »

Les rendez-vous entre Maréchal et les différents chefs de gouvernement européens se passèrent encore mieux que ne l'avaient pensé ses conseillers, elle fut accueillie à chaque fois en grande pompe et les échanges, cordiaux, avaient mis en valeur les attentes d'un certain nombre de pays qui voulaient voir l'Europe se réformer en profondeur. La Pologne redoutait en revanche que la France et l'ours russe renouent contact, ils mirent en garde Maréchal concernant l'incompatibilité entre leur soutien à la nouvelle politique de la France et le retour de la Russie dans le jeu des négociations européennes. Elle refusa pour autant de répondre favorablement sur ce point, expliquant que, non seulement la France et l'Europe avaient besoin de la Russie pour peser dans le jeu mondial, mais qu'en plus, sur le plan commercial, elle demeurait un partenaire clé. Il ne fallait pas qu'elle se tourne vers l'Asie, sans quoi les Européens perdaient un fournisseur mais aussi un marché de 120 millions de clients potentiels pour leurs produits et services.

Elle leur annonça donc que, s'il était évidemment hors de question d'intégrer la Russie à l'Union européenne, il fallait à tout prix élargir les partenariats et développer des relations commerciales privilégiées.

Les Polonais se contentèrent de réitérer leurs menaces mais elle vit à leur ton qu'elle avait réussi à les rassurer : la Russie n'aurait pas de place sérieuse sur le plan politique et diplomatique au sein de l'UE.

Quand Marion prit l'avion pour se rendre à Moscou, elle prit pour la première fois conscience de l'importance de sa mission en tant que représentante de son pays aux yeux du monde extérieur. Elle était allée à Budapest et à Cracovie en se sachant en terrain conquis. Elle arrivait au Kremlin avec moins de certitudes, Poutine était un négociateur hors pair au dire de ses conseillers. Et il ne tergiversait pas avec les intérêts de son pays, quitte à écraser ses interlocuteurs. Poutine était devenu une sorte de président d'honneur qui représentait la Russie auprès de tous les dirigeants du monde, il se définissait avec humour comme grand ambassadeur de la Russie éternelle.

Ellc fut accueillie par une foule nombreuse, un véritable défilé militaire eut lieu durant 30 minutes à son arrivée. Poutine lui serra la main fermement avec un grand sourire qui ne rendit pas son regard moins glacé. Elle sera ensuite la main de Medvedev, poulain de Poutine.

Une heure plus tard, elle discutait en privé avec le président russe et Poutine.

– Vous savez, j'admire énormément votre parcours. Vladimir Poutine parlait calmement, son traducteur était d'une efficacité stupéfiante, parlant presque en même temps que lui. Je crois que nous avons beaucoup de choses en commun. J'ai travaillé pendant trois décennies à la reconstruction de la Russie avec plusieurs grands chantiers parmi lesquels celui de notre identité que nous devions reconstruire pour que le peuple russe reprenne confiance en lui et soit fier de son pays. Nous avons également soutenu prioritairement une politique familiale volontariste pour que notre démographie reprenne le chemin du renouvellement de population. Nous avons ensuite travaillé sur l'économie et l'influence géopolitique pour que la Russie rayonne à nouveau dans le monde. Je suppose que vous allez suivre la même voie et que c'est sur ce dernier point que vous souhaitez que nous échangions.

Marion choisit de lui répondre sans détour, elle savait qu'il détestait que ses interlocuteurs ne soient pas directs.

– C'est exact, si je suis là, c'est pour que la France reprenne sa place de première puissance européenne et de grande puissance mondiale. Nous avons une histoire commune, nous avons été proches autrefois, j'aimerais restaurer cette proximité. Nous avons aussi des ennemis communs : les pays du Moyen-Orient qui cherchent à tout prix à déstabiliser l'Europe et, avec elle, la Russie. Ces pays doivent être surveillés et nous devons leur faire prendre conscience que leur jeu a assez duré. Nous avons enfin un objectif partagé : contrebalancer les puissances américaines, chinoises et indiennes sans quoi ils se partageront le monde. Seule, la Russie ne résistera pas longtemps, sans la Russie, l'Europe sera balayée elle aussi. Notre devoir, c'est d'éviter ce scenario. Medvedev prit la parole.

– Et qu'attendez-vous de la Russie, Madame ?

– Un accord de libre-échange poussé qui nous ouvre votre marché de consommateurs et qui vous ouvre le nôtre pour tous les produits et services que nous ne pouvons pas nous fournir respectivement.

– Pour la France ou pour l'Europe ?

– Pour la France, l'Italie, la Pologne, la Hongrie, l'Autriche. Je voudrais que vous annonciez que seuls ces pays bénéficient de l'accord en question parce qu'ils sont dans la ligne politique portée et défendue par la France. Cela poussera les pays de l'Est à changer leur regard sur la Russie et cela incitera d'autres pays à rallier notre cause.

Poutine sourit, elle comprit qu'il avait compris.

***

Deux semaines plus tard, rue Lemercier, Paris 17ee

Deux semaines. Deux semaines que chaque soir j'essayais de prendre un peu de recul et de réfléchir à la proposition d'Alexandre. Il ne m'avait pas relancé, il devait savoir que je passais mes journées complètement déconcentré, obnubilé par mon incapacité à me poser la bonne question : avais-je envie ou non d'entrer dans le monde feutré, excitant, dangereux et passionnant de la politique ? Chaque jour, je rentrais chez moi épuisé, ce soir-là je mangeais sans conviction les restes d'une pizza commandée la veille, le livreur avait mis près d'une heure à m'apporter le Graal tant espéré, je n'avais pas eu le courage de réchauffer la chose devenue froide et je m'étais fait un plateau de fromage en regardant du coin de l'œil une dizaine de décérébrés s'évertuer à trouver lequel d'entre eux avait couché avec Enora, jeune idiote plantureuse au décolleté plongeant, à travers l'écran ultra HD de ma télévision.

Une heure plus tard, je regardais une émission prétendument fouillée et impartiale sur les dérives de la gestation pour autrui, sujet récurrent qui faisait chaque année un peu moins l'unanimité en ce qui concernait son interdiction, chaque rentrée télévisée trouvait son lot de « convertis » qui étaient passés de « La GPA, ça jamais, en revanche la PMA pour tou.t.e.s, ça oui ! » à « Les bébés faits sous couveuses, ça J.A.M.A.I.S, mais la GPA, si c'est bien encadré… »

La journaliste montrait avec émotion un petit bébé, absolument adorable au demeurant, entouré de ses deux papas, un jeune et superbe cadre dynamique du style gendre idéal et un brun ténébreux et musclé légèrement barbu, qui le pouponnaient avec tendresse, tout en expliquant qu'ils n'avaient pas eu le choix de passer par la GPA mais que c'était une GPA éthique, i-rré-pro-chable, et dénonçant à cor et à cri la GPA non éthique.

Je regardais depuis 30 minutes ces deux gravures de mode faire des leçons de morale à la terre entière sur la tolérance envers les homosexuels et la condamnation des méchants capitalistes qui utilisaient la GPA pour faire du *business* quand je compris enfin que je n'en pouvais plus. Ce n'était pas tant le comportement compulsivement égoïste et autocentré du couple que l'insupportable journaliste, mielleuse et condescendante envers celui qu'elle essayait de manipuler (en l'espèce, moi), qui me fit comprendre qu'il fallait que je coupe définitivement les ponts avec la télévision. J'avais toujours cru avoir un peu de recul sur ce que je voyais et entendais à travers les médias, il me semblait évidemment que l'ultra-conformisme et l'uniformité absolue de la classe médiatique posaient problème, sans compter leur réflexe de classe, ou de caste, qui les faisaient faire corps face à la moindre attaque populaire.

Mais, depuis ma rencontre avec Alexandre, je guettais mes propres réactions face aux attaques en règle que subissait mon cerveau. À chaque débat, je voyais les petites manipulations qui consistaient, face aux arguments rationnels et appuyés par des faits, à répondre par de l'émotion et du compassionnel. Je sentais les arguments d'autorité que rien ne justifiait si ce n'est leur conformité à la morale décrétée comme telle par la classe dirigeante. Le plus marquant fut un débat entre Ménard, qui expliquait que l'immigration posait problème en montrant chiffres, statistiques et faits, tout en expliquant les mesures qu'il allait mettre en œuvre, et Yann Moix qui répliqua en expliquant d'abord que « l'amour du prochain ne se décrète pas, il doit être, et c'est tout, sans quoi nous perdons le peu d'humanité qu'il reste en notre humanité », puis que « le racisme, la haine de l'autre, la haine de soi donc, ne devraient pas avoir leur place dans un gouvernement éclairé », pour conclure que « l'Histoire vous jugera et, avec elle, les cohortes de malheureux que vous aurez assassinés, car les laisser mourir, c'est les assassiner ».

À l'issue de cet échange éprouvant pour mon pauvre cerveau, je réalisais combien j'avais toujours jugé Ménard et ses thuriféraires à l'aune de mon filtre moralisant : puisque c'est Ménard qui parle, c'est forcément haineux. Et j'en avais détruit toute ma capacité de réflexion. Seuls me restaient les grands poncifs de la doctrine médiatique : l'immigration est une chance, la France a le devoir d'aider l'Afrique, nos compatriotes sont racistes, les populistes ne jouent que sur la haine et la peur de l'autre, les hommes sont des violeurs en puissance… Cela m'avait empêché, durant des années, de prendre le moindre recul sérieux.

***

Grande Mosquée, Seine-Saint-Denis

Samas attendait depuis trente minutes que l'imam le rejoigne. Le petit salon dans lequel il se trouvait était recouvert d'une épaisse couche de tapis, les murs étaient blancs, sans fioriture ni décoration, la lumière tamisée donnait un aspect chaleureux à la pièce. Un thé fumant lui avait été servi, il n'y avait pas touché, il considérait cette attente comme un affront personnel. Il entendit des bruits de pas au loin, deux personnes arrivaient, il devina qu'il s'agissait de ses interlocuteurs.

La porte s'ouvrit, l'imam Oumar Ben Houdaypa entra, suivit de près par un imam venu d'Arabie saoudite.

– Bonjour Messieurs.

– Assieds-toi Samas.

Il fut choqué par le ton péremptoire du jeune imam de Brest mais s'assit néanmoins en voyant que les deux imams faisaient de même.

– J'ai peu de temps, je repars en Bretagne dans deux heures. Que veux-tu ?

– Ce que je veux ? Eh bien, tout simplement parler des actions à venir ! Je vais probablement devoir rencontrer Maréchal dans les semaines qui viennent, j'aimerais savoir ce qu'il en est de vos positions respectives, et de celles de nos autres imams. Il me semblerait utile que nous travaillions dans le même sens.

– Ahmet, tu as été l'un des porte-parole de notre cause, tu as la chance d'avoir pu parler au nom des musulmans de France, mais maintenant, c'est nous qui allons reprendre le relais. Nous ne pouvons pas te laisser libre de nous représenter, quelle serait ta légitimité ? Ne t'inquiète pas, nous serons avec toi à chaque rencontre avec les officiels français.

– M'inquiéter ? Mais pour qui vous prenez-vous, tous les deux ? J'ai été à deux doigts d'être Premier ministre, je suis on ne peut plus légitime ! Je peux être l'artisan d'un dialogue constructif avec le gouvernement et c'est ce que je comptais vous proposer !

– À partir de maintenant, nous allons entrer dans une phase de bras de fer, les Français ont trop peur d'être soupçonnés de racisme, de xénophobie ou d'islamophobie. Nous allons profiter de leur autocensure pour leur imposer une séparation entre les territoires que nous contrôlons et les leurs.

– Mais vous êtes fous ! Maréchal ne reculera pas, elle déteste l'islam et ses conseillers encore plus qu'elle ! Si vous allez sur ce terrain-là, c'est une guerre civile que vous allez déclencher !

– Nous ne te demandons pas ton avis, c'est nous qui t'avons fait et ce sont ceux qui nous envoient qui prennent les décisions. Tu sais quelles puissances nous soutiennent, Ahmet, tu n'as pas le choix.

***

Matignon

Il regardait Laurent Wauquiez parler avec animation, fasciné par cet homme qui avait tant évolué en 30 ans. D'abord centriste avec Barrot, il avait droitisé son propos année après année, avait pris conscience des problèmes liés à l'immigration et aux angoisses identitaires que traversait le pays.

Éric Zemmour avait d'abord été méfiant, persuadé que Wauquiez changeait de discours par opportunisme, il savait d'ailleurs l'influence qu'avait eue Patrick Buisson sur lui, avant que Wauquiez ne décide de prendre ses distances. Mais la réalité était un peu différente : si Wauquiez avait commencé à changer de vision par souci électoraliste, il avait compris que le peuple aspirait à un programme très à droite, tout en ayant peur d'élire des « extrémistes ». Il avait ensuite été convaincu que son discours était en fait la seule bonne réponse aux problèmes que traversait la France.

Wauquiez était en pleine conversation avec Patrick Buisson et Marion Maréchal. Le sujet du jour, brûlant, était la prise de décision concernant les cités. Il fallait à tout prix commencer à reprendre l'initiative face à Samas et ses maîtres qui avaient, d'après la DGSI, pour projet de préparer un référendum pour les zones dont ils avaient le contrôle dans le but d'instaurer la charia.

– Tu es consciente que, si nous n'agissons pas, ils auront toute légitimité pour imposer la charia sur des portions entières de notre territoire ? Et que s'ils obtiennent un oui à ce référendum, et je pense que ce sera le cas, nous ne serons plus légitimes pour reprendre le contrôle par la force ?

Elle leva les yeux au ciel.

– Laurent, je ne vois pas comment tu peux croire que les Français qui habitent dans les zones de non-droit seront pour l'instauration de la charia en France. Personne ne sera d'accord avec ça, même les médias nous soutiendront.

Elle semblait ne pas comprendre l'ampleur des dégâts provoqués par les décennies de laisser-aller dans les cités. Éric regarda son visage fatigué, elle avait déjà lancé tant de sujets en quelques semaines, il était impressionné par son volontarisme. Il décida d'intervenir en douceur pour ne pas la brusquer.

– Non, Marion, Laurent a raison. Il sera très difficile de faire accepter aux Français l'usage de la force car cela fait 70 ans qu'on leur explique que la paix est à privilégier avant toute chose. Avant l'intégrité de notre territoire ou de notre identité, avant même les droits de l'homme. D'une certaine façon, ils seront probablement prêts à sacrifier les banlieues au nom de la liberté et de la paix, sans comprendre qu'en faisant cela, ils sacrifieront la liberté de ceux qui habitent dans ces banlieues et qu'ils prépareront la guerre.

Patrick Buisson approuva.

– Tu ne dois pas croire que les Français auront le courage de subir une autre période de crise. Nous sortons d'une semi-guerre civile, nous avons eu de la chance que la situation ne tourne pas plus mal. Ils sont effrayés et ils aspirent au calme, si nous laissons les choses reposer, nous risquons de ne pas pouvoir revenir en arrière.

Elle ferma les yeux et laissa un long silence s'installer, les trois hommes se demandaient quelle serait sa réaction. Pour la première fois, ils allaient contre son intuition profonde.

– Et vous êtes tous les trois d'accord pour faire usage

de la force ? Je ne veux pas risquer de replonger le pays dans le chaos, surtout pas maintenant alors que nous avons retrouvé un semblant de calme.

Éric acquiesça le premier, il avait deviné qu'elle voudrait préserver le peuple de toute nouvelle flambée de violence. Il réagit.

– Alors, dans ce cas, il faut gagner du temps. Il faut que Ménard rencontre Samas et qu'il le menace de faire usage de la force s'ils lancent ce référendum. En parallèle, il faut que nous allions dans les médias pour attaquer leur projet en expliquant que tout est truqué, que les habitants des cités subissent une pression énorme des intégristes et que nous ne pouvons tolérer cette parodie de démocratie.

Wauquiez lui fit un léger signe de tête pour le remercier. Il intervint :

– Je suis d'accord avec Éric, je te propose de prendre la main sur ce sujet avec Robert et de faire un communiqué de Matignon pour dénoncer l'initiative d'Samas.

Marion les avait écoutés, elle sentait qu'ils la poussaient contre son gré à prendre des décisions radicales mais elle savait, au fond d'elle, qu'elle ne pourrait pas y échapper. Elle plongea un instant son regard dans le jardin, le calme qui y régnait était si étrange dans le contexte de tempête qui menaçait de submerger le pays. Elle se retourna, déterminée.

– Écoutez tous les trois, vous faites comme si je

n'avais pas mon mot à dire, mais je refuse de laisser la main à d'autres. Je dois gérer moi-même cette crise, j'en suis à l'origine et les Français ne comprendraient pas que je me cache derrière Laurent. Je vais rencontrer ce type, je vais officialiser cette rencontre et faire venir les médias et je vais lui expliquer moi-même que la France est un État de droit, que les communautés n'ont pas à vivre en autarcie et qu'ils resteront sous la tutelle de l'État. En revanche, s'ils s'engagent dans la voie de la guerre, nous entrerons sur un terrain glissant et je suis incapable de savoir jusqu'où cela nous entraînera.

Éric Zemmour, Patrick Buisson et Laurent Wauquiez sourirent. Ils avaient retrouvé la jeune femme énergique et décidée qu'ils connaissaient.

***

Place Beauvau

Alexandre m'attendait devant la grille du ministère de l'Intérieur, j'y avais rendez-vous avec le ministre pour devenir son directeur de cabinet. Il m'accueillit d'un grand sourire.

– Je ne pensais pas que tu viendrais si vite ! Tu as prévenu ton employeur ?

– Non pas encore mais ils seront contents de voir un de leurs collaborateurs prendre un poste pareil à mon avis. De toute façon, ils n'auront pas le choix si je me décide vraiment à bosser pour le ministère.

– Certes. Bon, tu vas avoir rendez-vous avec les deux professionnels de la sécurité. Ils sont très différents : Villiers est très carré et très humain, en tant qu'ancien chef d'état-major des armées, il a une expérience incroyable. Ménard est très sympa mais moins constant que Villiers. Tu bosseras surtout avec lui mais, en soi, les deux ministères sont très liés du fait de l'implication future de l'armée dans la sécurisation des frontières intérieures. Tu seras probablement l'un des points de contact les plus importants dans ce contexte de redéfinition de la politique migratoire.

– Je ne suis pas encore très au clair sur le rôle que je vais avoir, pour être très franc, je ne connais rien aux arcanes du pouvoir.

– Je le sais, et ils le savent, ne t'inquiète pas pour ça. Allez suis-moi, on va être en retard.

Nous présentâmes nos pièces d'identité puis nous pénétrâmes dans l'hôtel particulier qui servait de ministère au « premier flic de France ». J'étais impressionné par la splendeur de l'édifice, les ors de la République avaient emprunté à ceux de la monarchie. Je me savais parfaitement illégitime et plus nous nous rapprochions du bureau de Ménard, plus je me sentais imposteur.

La porte s'ouvrit sur un visage souriant, mangé par une barbe grisonnante qui adoucissait ses traits. Ses yeux rieurs croisèrent mon regard, il me regarda intensément et me dit : « Alors voilà notre jeune converti, celui qui est passé d'un vote Macron en 2022 au service de Marion à partir de maintenant ! Belle pirouette ! »

Je rougis bêtement et ne trouvai rien à répondre que « Je ne viens pas servir Marion, je viens servir mon pays et donner du sens à ma vie. Et j'ai décidé que cela passerait par le fait de mettre mes compétences au service de l'État, quel qu'en soit le chef. »

– J'apprécie la franchise. Il n'empêche qu'au vu des réformes drastiques que nous allons mettre en œuvre, il va falloir être à l'aise avec nos valeurs et nos idées. Nous avons un programme à tenir et je ne m'entourerai que de personnes qui appuient à 100 % les mesures que je vais devoir prendre.

– Sur ce point, je pense pouvoir vous rassurer, Monsieur. Je crois qu'après la semi-guerre civile que nous venons de traverser, je serai d'accord avec vos réformes, au même titre que la majeure partie des Français.

– Très bien, alors maintenant que je suis rassuré, expliquez-moi pourquoi je vous choisirais vous et pas un autre ?

L'entretien dura deux heures, après que j'eus exposé mes compétences et mes talents, il m'ouvrit ses réflexions et me demanda systématiquement un regard critique. Alexandre assistait à l'entretien de façon passive, il laissait toute l'initiative à Ménard. En sortant du bureau, il affirma : « C'est bon, tu es pris. »

– Mais comment peux-tu le savoir ?

– Je connais Robert, et il n'a pas 50 candidats de

ton acabit sous la main ! Demain je te ferai rencontrer Villiers, il devait venir mais il a eu un empêchement. Tu vas avoir du boulot !

***

Nantes, la semaine suivante

Franck venait d'atterrir, son avion avait quelques minutes de retard, le trajet pour venir de Figari, au sud de la Corse, avait été rapide, mais il avait toujours un mal de chien à sa blessure. Son médecin lui avait d'ailleurs conseillé de ne pas prendre l'avion au vu des risques de complications, que cela pouvait engendrer, mais il n'avait pas voulu l'écouter, ce rendez-vous était trop important : Alexandre était devenu l'éminence grise de Marion Maréchal et il avait besoin de savoir ce à quoi la Corse devait s'attendre. Il avait aussi eu envie de rencontrer enfin le jeune homme qu'il n'avait eu que quelques fois par téléphone.

Il prit la navette qui le conduisit au centre de la ville et monta à pied jusqu'à la place Graslin où se trouvait l'opéra de Nantes qui dominait la place de toute sa hauteur. À sa gauche se trouvait le Cours Cambronne où jouaient quelques enfants sous la surveillance de leurs parents.

Il vit Alexandre et le breton Maxime assis autour d'une table sur la place, le restaurant La Cigale avait été choisi comme lieu de rendez-vous. Installés au soleil, ils discutaient de manière animée. Il les rejoignit et Alexandre fut le premier à le reconnaître, il se leva et l'accueillit avec un grand sourire :

– Enfin, on se voit Franck, enchanté de te rencontrer. Comment va ta blessure ? Il paraît que tu as failli y passer, mon pauvre ! Il me parut immédiatement sympathique, son regard rieur était rassurant et son ton de voix à la fois ferme et posé. Il était très loin de l'image que je me faisais de lui. 30 ans à peine, il était habillé sobrement, il avait l'air d'un jeune cadre, pas d'un révolutionnaire en herbe.

– Ça va, la blessure se referme bien et je me repose le plus possible.

Il salua également Maxime, ce dernier lui répondit.

– Salut Franck, content aussi. Maxime avait l'air plus taciturne mais son regard était franc. Lui aussi était très jeune, probablement moins de 35 ans.

– Nous parlions avec Maxime des intentions de Marion, mais avant, on pourrait peut-être se présenter rapidement, on ne se connaît quasiment pas.

Alexandre commença.

– Rien à dire de spécial, je suis chef d'entreprise et j'ai aidé Marion à se lancer à la conquête du pouvoir, puis à le prendre. Je reste au maximum dans l'ombre car c'est là que je suis le plus utile.

Maxime poursuivit :

– Moi, je suis Breton, du fin fond de la Bretagne. J'ai deux enfants aussi, je suis routier depuis deux ans. Avant ça, j'étais dans la légion. Mon premier engagement, ça a été les gilets jaunes. À l'époque, je suivais le mouvement de près. J'ai ensuite fait partie des Natifs, je me suis occupé de tout l'ouest puis du sud-ouest.

Franck était surpris de leur simplicité, il se présenta à son tour.

– Moi je suis d'origine marseillaise, je n'ai ni femme ni enfant. Je suis en Corse depuis presque toujours. J'ai des amis partout là-bas, du nord au sud, des indépendantistes comme des anti-indépendantistes. Je suis négociant en vin, donc je me balade partout. J'ai pris la tête du mouvement presque par hasard, et je pense que c'est grâce à Alexandre que nous avons réussi à ne pas rencontrer d'opposition de la part des forces de l'ordre. Macron était tellement débordé sur le continent que le préfet a préféré nous laisser nous battre entre nous, plutôt qu'intervenir et provoquer une insurrection générale sur l'Île. Alexandre opina :

– Oui, mais je n'en reviens toujours pas que vous ayez attaqué directement les cités, nous aurions dû prendre exemple sur vous.

– Je te l'avais dit à l'époque, Alex. Les Corses sont particuliers, personne n'aurait été capable d'aller aussi loin de votre côté.

– Peut-être. Bon, l'enjeu de cette petite réunion est de vous donner des infos sur ce que prévoit le gouvernement.

– Oui, et ça, on a hâte de le savoir, l'interrompit Maxime.

– Je sais et je voulais vous voir en personne pour vous donner quelques infos en off. D'abord, Marion est inquiète de la position d'Samas, elle hésite entre l'attaque et le laisser faire.

– Putain, j'en étais sûr, elle va nous lâcher ! On va devoir relancer la mobilisation ?

– Non, elle ne laissera pas l'islam prendre le contrôle des banlieues, en tout cas pas à long terme, j'en suis certain. Mais elle se demande si ce n'est pas trop tôt. Surtout face à cette parodie de Gandhi. En attendant, je n'ai qu'une demande : soutenez-la, dans toutes ses actions, toutes ses réformes, mobilisez vos troupes dès que je vous le demande.

– Pourquoi nous demandes-tu cela, à nous ?

– Je fais la même demande à tous les responsables des Natifs et des associations du collectif. Nous devons à tout prix montrer que nous sommes derrière elle car il y a au moins 4 ennemis qui feront tout pour bloquer son action : les syndicats, les médias, les fonctionnaires et les habitants des cités. Si nous ne faisons pas contrepoids, elle sera bloquée et elle tombera comme Macron avant elle.

– Et tu as confiance en elle ?

– Totalement. Avant que vous ne me donniez votre réponse, je vais vous dévoiler un peu les réformes et les référendums qu'elle va lancer, vous verrez que ça vaut le coup de se bouger.

***

Montfermeil, Cité des Bosquets

Elle se demandait si elle n'avait pas fait le mauvais choix. Samas avait insisté pour être reçu à l'Élysée, elle avait répondu par un intermédiaire que son discours, suite à l'élection, l'avait disqualifié pour être reçu de manière protocolaire. Pour le moment en tout cas. Elle avait donc imposé le lieu de la rencontre : l'une des cités les plus « chaudes » de France comme le lui avait indiqué Robert Ménard. Elle voulait montrer que la République était chez elle, même là où certains prétendaient le contraire. Assurer sa sécurité avait été un gigantesque casse-tête mais son ministre de l'Intérieur avait finalement été rassuré suite au rapport du chef de la sécurité de la jeune présidente.

Sa voiture s'arrêta à quelques mètres du lieu de rendez-vous. Xavier Lemoine, maire de la ville, l'attendait. Elle sortit du véhicule et se dirigea vers lui.

– Bonjour Monsieur le Maire, merci de m'accompagner dans cette démarche.

– Madame le Président, je suis honoré que vous ayez choisi Montfermeil et je suis ravi de pouvoir vous aider. Pouvez-vous me dire ce qui vous a conduit à venir ici ?

– Le symbole. C'est le point de départ des émeutes de 2005 qui ont marqué les esprits. Et c'est une ville où, malgré le fait qu'il y ait plus de 40 % de la population immigrée ou étrangère, un maire comme vous est élu dès le premier tour à chaque fois !

– Un maire comme moi ? reprit-il, étonné.

– Un maire assumé de droite, conservateur, catholique affiché… C'est plutôt rare.

Il acquiesça d'un signe de tête. Elle ajouta :

– J'ai vu que vous m'aviez soutenue officiellement il y a quelques semaines, merci aussi pour cela. Je crois que nous allons pouvoir changer radicalement notre pays.

– Vous savez, je me demande parfois si nous ne faisons pas fausse route avec la République et la démocratie telle que nous l'avons mise en place. Quoi que vous fassiez, je crains que ce soit défait plus tard par ceux qui vous succéderont… Bon, nous arrivons au lieu de rendez-vous, les journalistes vous attendront à la sortie. J'y serai aussi.

– Merci Xavier. Elle suivit l'officier qui la précédait et entra dans la salle où Samas l'attendait en compagnie de deux imams. Elle fut sidérée par le culot de l'ancien porte-parole de Castaner, elle avait exigé une rencontre en tête-à-tête. Ils se levèrent à son arrivée mais elle prit les devants :

– Bonjour Messieurs, je vois que vous êtes venus en force malgré mes demandes. Monsieur Samas, auriez-vous peur d'une jeune femme de 30 ans ? Il rougit violemment et balbutia qu'il n'avait de leçon à recevoir de personne en ce qui concernait le courage, mais il fut vite coupé par l'un des deux imams : Monsieur Samas a souhaité que nous l'accompagnions car nous représentons la communauté musulmane de France.

Elle resta debout et renchérit : et qui vous a élus ? Qui vous a nommés ? Je connais bien mes dossiers, Messieurs, vous êtes tous les deux affiliés aux frères musulmans et vous ne représentez personne, si ce n'est les plus extrémistes de vos coreligionnaires. Mais soit. Vous pouvez entendre le message que j'ai à délivrer à Monsieur Samas. Il est simple, il est non négociable, il est clair : si vous lancez un référendum sur l'indépendance des 900 zones que vous avez décidé d'occuper, je n'aurai d'autre choix que d'envoyer l'armée pour reprendre le contrôle par la force de vos cités.

– Et vous pensez que nous nous laisserons faire ? C'était le second imam qui s'exprimait. Vous pensez que nous allons nous soumettre, tels des chiens, à vos armes barbares ? Si vous nous attaquez, la France sera à feu et à sang et votre peuple vous chassera. Nous avons fait tomber votre prédécesseur, nous vous ferons tomber aussi !

Elle entra dans une colère froide, être menacée par deux imams qui n'avaient pas le droit d'être sur le sol français lui était insupportable.

– Ce sont les révoltes croisées des banlieues et de la France périphérique qui l'ont fait tomber. Sans elles vous auriez compté pour rien, ne l'oubliez pas. Monsieur Samas, je pensais parler entre personnes civilisées mais je découvre avec déception que vous êtes sous influence étrangère, ces deux personnes qui vous imposent leur vision de la France et de l'islam ont été interdites de séjour il y a deux ans. Vous êtes bien mal entouré et votre légitimité est morte en même temps que votre crédibilité et votre courage.

Il fit un pas en avant. Elle crut qu'il allait la gifler, mais il se reprit et quitta précipitamment la salle. Elle partit aussi, suivie de son officier qui s'était tenu prêt à intervenir, laissant les deux imams.

Elle était dans ses pensées, l'homme qui l'avait menacée n'avait pas tort. Dans un régime si instable, quelle que soit la solidité des institutions, un président pouvait tomber en quelques mois si le peuple le voulait. La chute de Macron avait créé un précédent dont la Ve République aurait du mal à se relever. Il allait falloir penser à la suite, créer les conditions pour que la politique qu'elle menait soit prolongée ensuite par ses successeurs. Il fallait qu'elle y réfléchisse.

Elle arriva devant la meute de journalistes

– Bonjour à tous, j'ai pu rencontrer Monsieur Samas et deux de ses maîtres, des imams salafistes interdits de territoire qui n'ont rien à faire ici. Cette rencontre prouve malheureusement que Monsieur Samas est sous tutelle et qu'il ne représente plus personne. Je lui ai clairement indiqué qu'il était hors de question que l'autoproclamée Fédération des Régions Musulmanes de France, sans aucune légitimité, fasse le référendum qu'elle veut organiser. Il n'aura pas de valeur et nous ne céderons pas sur ce point. Cela serait reconnaître une autonomie partielle des territoires, ce que nous ne pouvons en aucun cas tolérer. Elle fut interrompue par des cris de colères venus de derrière les journalistes. Elle crut d'abord à des islamistes venus la chahuter mais elle comprit vite que ce n'était pas le cas. Une dizaine de familles l'apostrophaient et essayaient d'attirer son attention, elle traversa la meute de journalistes, aidée par ses gardes du corps, paniqués à l'idée qu'elle puisse se faire agresser. Elle arriva devant le petit attroupement et leur demanda d'exprimer clairement leurs demandes.

Un homme d'une cinquantaine d'années prit la parole : « Madame, nous venons tous de Syrie ou d'Irak. Nous sommes des chrétiens et nous avons été chassés de chez nous par des barbares. Nous ne voulons simplement pas que vous nous oubliiez, nous sommes déjà enfermés dans ces ghettos avec des jeunes qui se radicalisent de plus en plus. Si vous les laissez prendre le contrôle, nous allons revivre l'enfer que nous avons vécu là-bas. Madame, tout ce qu'on vous demande, c'est d'arrêter d'accueillir le monde entier en France. Nous sommes nombreux à avoir voté pour vous pour cette raison. Si ça continue, la guerre va venir jusqu'en France et on le regrettera tous ! »

Les journalistes étaient médusés, certains avaient discrètement coupé leur caméra, d'autres enregistraient tout. Ils s'étaient attendus à une manifestation contre le gouvernement, voire des émeutes. Mais ils n'avaient pas anticipé la réaction des migrants pro-Maréchal.

***

Le lendemain, Mairie de Montfermeil

Xavier Lemoine était dans son bureau, au calme, il lisait le rapport de l'un de ses adjoints qui visait à réduire les subventions d'une association soupçonnée d'alimenter le communautarisme ambiant. Il était indécis quant à la décision à prendre. Il connaissait bien l'association en question pour l'avoir visitée plusieurs fois. Oui, presque tous les bénéficiaires étaient issus de l'immigration. Pour autant, il n'avait pas connaissance de pratiques discriminatoires. Son objet était simplement de créer du lien entre les habitants de Montfermeil à travers le football. Soudain, il entendit des éclats de voix venant de l'accueil de la mairie. Le ton se faisait menaçant et il décida d'aller voir ce qu'il se passait.

Dans le hall, une cinquantaine d'adultes parlaient tous ensemble. En majorité féminine, l'assemblée insistait pour obtenir gain de cause. Xavier Lemoine descendit les marches et les interpella :

– Excusez-moi, que se passe-t-il ici ?

– Ah, Monsieur le Maire ! C'était une femme de quarante ans qui lui répondait, elle était belle, sa peau noire mettait en valeur ses dents parfaites, ses yeux lançaient des éclairs. Allez-vous nous abandonner, Monsieur le Maire ? Allez-vous nous laisser aux mains des salafistes et des extrémistes ? Allez-vous, alors que nous avons fait tous les efforts possibles pour devenir Français, de bons Français même, qui travaillent honnêtement malgré des conditions difficiles, allez-vous fuir les banlieues, vous et l'État ?

– Mais Madame, il n'en est aucunement question !

– Eh bien, il y a intérêt, parce que tous ici, nous sommes musulmans, et il est hors de question, hors de question vous m'entendez, que ces salopards prennent le contrôle. Nous avons toujours voté pour vous, nous vous avons soutenu parce que nous savions que vous luttiez contre les extrémistes. Mais si vous abandonnez le terrain, nous quitterons notre ville et nous laisserons toute la place aux excités qui veulent prendre le pouvoir.

– Venez tous dans mon bureau, nous allons en parler.

Xavier Lemoine leur expliqua la situation, les objectifs de Marion et sa vision pour les cités. Il savait qu'ils allaient peut-être devenir les sacrifiés de la République car, si jamais Samas et les extrémistes ne cédaient pas et qu'ils s'appropriaient les cités, alors Marion ne déclencherait pas immédiatement les hostilités.

Ils furent touchés par la confiance qu'il leur accordait en leur révélant ces éventualités.

– En résumé, ma demande est simple, si jamais nous devions échouer à rétablir l'ordre dans les semaines à venir, il faudrait à tout prix que vous restiez ici. Si vous abandonnez le terrain, il ne restera plus personne pour contrebalancer le pouvoir des islamistes, et c'est précisément cela qu'ils cherchent.

– Vous nous demandez donc de tout risquer ?

– Pour nous tous ! Il y va de la survie de l'unité nationale. Si vous quittez le terrain, vous ne laisserez que deux populations ici : les extrémistes et les plus faibles, ceux qui n'auront pas la force de tout quitter. Vous êtes la force vive de ce territoire, vous êtes ceux qui permettront le redressement après la chute. Alors je vous en conjure, n'abandonnez pas ! Et je vous promets que si l'état de droit disparaît, ce sera pour mieux revenir, je m'y engage personnellement.

À l'issue de la réunion, Xavier Lemoine appela Robert Ménard, ce dernier le remercia pour l'accueil réservé à Marion. Xavier Lemoine lui répondit :

– Elle a du cran, je suis impressionné. Il m'est venu une idée pour faire basculer une partie de l'opinion publique dans notre camp.

– À quel sujet ? Ménard était curieux de savoir de quoi il retournait.

– L'interdiction du référendum dans les cités.

– Je vous écoute.

– J'ai une cinquantaine d'habitants qui sont venus me voir pour me demander de ne pas céder aux exigences d'Samas. Ils sont tous musulmans et tous issus de l'immigration, ils sont tous patriotes et veulent lutter contre la radicalisation de leurs enfants mais, plus largement, de leur quartier.

– Cela ne m'étonne pas, j'avais également ce genre de soutiens à Béziers.

– Je sais, mon idée est la suivante : demandons à ces populations de manifester publiquement leur soutien à la politique du gouvernement, ou *a minima* d'afficher leurs inquiétudes quant à la prise de pouvoir d'Samas et de ses amis. Aidons-les à organiser des manifestations en dehors de leurs quartiers sans quoi elles n'oseront pas s'afficher.

– L'idée est bonne, mais qui pourra porter l'opération ? Nous ne pouvons évidemment pas apparaître comme des soutiens de ce mouvement.

– Non, mon idée est de les mettre en contact avec les Natifs, ils pourront les aider à se structurer. Je les connais mal mais vous êtes proche d'eux, non ?

Robert Ménard s'engagea à soumettre l'idée aux Natifs et à établir rapidement un contact.

Xavier Lemoine resta un instant songeur après avoir raccroché, il savait qu'une grande partie de la population de sa ville le soutenait et ce, bien qu'elle soit à 60 % issue de l'immigration et malgré son positionnement à droite de l'échiquier politique. Il n'avait cependant pas imaginé espérer un jour que cette même population irait jusqu'à soutenir une présidente comme Marion. Mais là, il se prenait à y croire.

***

RMC, 8 heures

« Akim Hamri, bonjour

– Bonjour Monsieur Bourdin.

– Vous êtes le nouveau Président de SOS Racisme et vous avez souhaité réagir ce matin à ce qui s'est passé hier à Montfermeil. Je rappelle aux auditeurs que Marion Maréchal a rencontré hier Mahmoud Samas pour négocier le référendum sur l'autonomisation de 900 zones en France et vous êtes choqué de ce qui s'est passé ensuite.

– Oui tout à fait, je suis choqué de voir que Madame Maréchal a traité Mahmoud Samas de pantin à la solde dont ne sait quels obscurs maîtres. Il s'agit d'une propagande tout simplement scandaleuse et je suis ulcéré que les médias aient relayé ce qu'elle a dit sans émettre la moindre critique sérieuse.

– Mais Akim Hamri, vous savez qu'Samas était accompagné de deux imams interdits de séjour ? C'est ce choix qui l'a mis hors-jeu, non ?

– Qu'il ait fait une erreur, c'est une évidence, mais de là à le traiter comme un traître à la France, c'est une honte ! Je vous rappelle que ce monsieur est passé à deux doigts d'être Premier ministre. Madame Maréchal a une drôle de façon de se débarrasser de ses adversaires politiques, elle les disqualifie tout simplement. Cela me rappelle des heures bien sombres.

– Mais vous êtes pour le référendum, vous, Akim

Hamri ? Vous pensez que la France doit autoriser certains de ses habitants à vivre sous d'autres lois que les autres ?

– Non, bien sûr que non. Mais si jamais…

– Donc il y a un « mais ».

– Oui, si jamais l'État se décide à ostraciser ou à discriminer une partie de sa population, alors évidemment cette population doit entrer en résistance.

– Pensez-vous qu'il y ait une discrimination envers une population en France ?

– Oui, évidemment ! Bien sûr !

– Quelle discrimination ? Ils n'ont pas accès à l'emploi ? Ils sont interdits de parole dans les médias ? Ils ne sont pas dans les institutions ?

– Écoutez, Monsieur Bourdin, la part de députés musulmans est de combien ?

– Euh… de quelques pourcents, j'imagine ?

– Elle est de 1,3 % depuis la dernière élection.

– Mais ça c'est le peuple qui vote, ce n'est pas une décision politique ou étatique, c'est une question de suffrage.

– C'est tout de même un problème. Et l'élection de cette femme à la présidence de la République est le début d'un processus qui va faire de la population musulmane le bouc émissaire de tous les malheurs des Français !

– Et qu'est-ce que vous demandez à Marion Maréchal, Akim Hamri ? Qu'est-ce que vous attendez d'elle ?

– J'attends d'elle et de son gouvernement qu'ils laissent nos banlieues tranquilles et ainsi il ne sera même plus question de référendum. Nous sommes des pacifistes, nous sommes des innocents !

En sortant de la radio, Akim Hamri envoya un SMS à plusieurs de ses contacts : « C'est parti, lance le plan Innocents. »

***

Palais de l'Élysée, le jour même

Marion m'avait convoqué avec Alexandre et Geoffroy dans le bureau présidentiel. Nous étions tous conscients que la situation pouvait dégénérer d'un moment à l'autre, mais Marion avait ce même air déterminé et calme qu'elle avait avant chaque problème anxiogène. Elle semblait toujours plus forte dans ces moments-là. Elle nous avait demandé de venir pour un sujet sans le moindre rapport avec la situation de crise en cours : la continuité de la politique en cours à l'issue de son mandat. Alexandre, déjà au courant des réflexions de Marion, avait fait venir un homme d'une quarantaine d'années qui se prénommait Thibault.

Il était conseiller de l'un des prétendants au trône de France, Louis de Bourbon. J'avais entendu parler de lui par Alexandre mais je ne le connaissais pas. Marion nous accueillit, présenta rapidement chacun de nous puis entra directement dans le vif du sujet.

– Thibault, je vous ai fait venir car je suis en train d'explorer toutes les pistes pour améliorer notre système politique et pérenniser les réformes que nous allons mettre en place durant mon mandat. Avant même de me poser la question de savoir si passer de la république à une monarchie serait une bonne solution, je veux d'abord que vous répondiez à celle-ci : est-ce que Louis de Bourbon serait prêt à répondre à notre appel si nous lui demandions de devenir Roi de France ? Ou bien est-ce qu'il a choisi une autre voie ?

– La réponse est claire : il viendra s'il est appelé, il a été préparé à cette éventualité depuis sa naissance, il a été formé dans cette optique et il a fait de même avec ses enfants. Il n'essaiera en revanche pas de prendre le pouvoir de quelque façon que ce soit par lui-même.

Je regardais la scène incrédule, je savais qu'Alexandre n'était pas convaincu par le système républicain mais je ne le voyais absolument pas entrer dans la lubie des royalistes qui n'étaient qu'une infime minorité en France. Des nostalgiques d'un passé révolu et dont la France ne voulait plus.

De mon côté, je voyais la république comme le système le plus abouti et le seul qui puisse répondre à notre soif de démocratie en France. Retourner des siècles en arrière me paraissait être la pire des aberrations. Je décidais donc d'intervenir :

– Je ne comprends pas, Marion, tu as été élue par le peuple, tu te définis depuis toujours comme étant républicaine. Quel est le sens de cette rencontre ?

– Je veux explorer toutes les pistes possibles, je n'écarterai aucune solution pour de mauvaises raisons. Nous allons devoir changer de fonctionnement, c'est une certitude, mais je dois d'abord comprendre quelles sont les options. Plus de démocratie directe ? Plus de parlementarisme ? Un exécutif fort et indépendant ou faible et devant rendre des comptes ? Nous allons tout faire pour restaurer la souveraineté de notre pays mais il faudra ensuite repenser notre fonctionnement interne, que ce soit en passant à la VIe République ou à un autre régime, comme la monarchie.

La discussion avec Thibault ne dura pas longtemps, Marion savait désormais que cette option s'ouvrait à elle, ils convinrent d'un rendez-vous entre Louis et elle pour creuser le sujet. À l'issue de la rencontre, Marion demanda à Alexandre d'approfondir la question de la réforme de notre constitution avec des experts de son choix. Il fallait qu'elle ait toutes les cartes en main pour pouvoir avancer dans sa réflexion.

***

Saint-Denis, 15 mai 2025

Des centaines d'hommes, de femmes et d'enfants bloquaient les entrées de la ville. Seuls étaient autorisés à entrer les musulmans. Le reste de la population, une fois sorti, ne pouvait entrer. Sur de nombreux panneaux étaient écrits des messages appelant à la paix et à la séparation entre quartiers musulmans et quartiers non-musulmans. Les habitants n'étaient pas agressifs mais ils refusaient tout compromis. Les CRS étaient déployés à quelques centaines de mètres et attendaient les ordres passivement, inquiets de savoir s'ils allaient devoir charger ou non, et conscients que, derrière cette barrière humaine pacifiste, se terraient ceux qui voulaient détruire la France.

L'ordre arriva à 11 h 30 du matin, du ministre de l'Intérieur : il fallait disperser les belligérants, sécuriser le périmètre, embarquer ceux qui résisteraient. Le tout avec le moins de casse possible, bien entendu. Les CRS commencèrent leur intervention simultanément dans 125 cités, sous l'œil attentif des caméras TV mais aussi de centaines de smartphones prêts à saisir le moindre faux pas de la part des forces de l'ordre.

Marion Maréchal était avec son état-major et ses ministres dans l'un des salons de l'Élysée. Elle voulait suivre minute après minute l'évolution de la situation. Elle savait que la France était sur le point de basculer.

Le téléphone du chef d'état-major des armées était posé sur l'une des tables basses. Il se mit à vibrer. Il le prit immédiatement dans ses mains, il décrocha :

« Dites-moi.

– …

– Vous en êtes certain ?

– …

– Combien ?

– …

– Je vous rappelle dans trente secondes. »

Son visage avait pris une teinte cadavérique. Il regarda la jeune présidente, essaya de retrouver son calme, inspira profondément et dit : « Madame le Président, la guerre civile est déclarée. »

– IV –
Le temps des isolats ou la reconquête

Janvier 2045, Madinat Alphath

Cela faisait près de trois heures que j'attendais au poste frontière, la file interminable de voitures était étonnamment silencieuse, la tension était palpable et les automobilistes faisaient profil bas. Un par un, après une inspection rigoureuse, les véhicules passaient.

J'avais décidé, durant ce week-end glacial, de passer voir l'un de mes anciens professeurs à HEC. Nous avions été très proches durant mes études et nous avions gardé contact quand j'étais encore chez McKinsey. J'avais toujours su qu'elle était musulmane mais elle n'avait jamais porté le voile ou fait montre de son appartenance religieuse de façon publique. J'avais été très surpris d'apprendre qu'elle avait choisi de s'exiler de France après les accords de Montfermeil.

J'arrivais une bonne heure plus tard au poste frontière. Un jeune homme au visage sévère me dit : *Awraqik min fadlik.*

– Je ne parle pas arabe, Monsieur.

– Vos papiers, s'il vous plaît.

– Les voici. Il y a eu un problème pour que les contrôles soient si sérieux ?

– Une attaque de Natifs a été avortée hier *a priori*. Heureusement, on les a stoppés avant que ça ne dégénère. Ouvrez votre coffre, je vais devoir le fouiller.

Quelques minutes plus tard, l'agent me laissait partir. Le jeune homme avait été aimable, voire sympathique, j'en avais été surpris au vu de la tension qui régnait. La discussion s'était terminée sur un « *Inch'Allah* » quand je lui avais souhaité une bonne fin de soirée.

Deux kilomètres de *no man's land* séparaient les deux postes frontières de Madinat Alphath, le calme y était absolu mais un sentiment de danger y régnait. Comme dans tous les *no man's land*, une tension était palpable et me forçait à maintenir, bien que ce soit parfaitement inutile, une allure modérée. De légers flocons commencèrent à tomber,

J'allumais la radio et tombais sur France Info.

« … les dirigeants de la Russie seront donc en visite auprès du gouvernement français la semaine prochaine pour aborder la problématique des relations avec la Syrie… » J'étais surpris de capter cette station, alors que je n'étais officiellement plus en France. Et j'avais raison de l'être, la radio grésilla soudainement et quelques secondes plus tard une autre voix, douce et sérieuse, prit possession de l'antenne :

« … mais il va de soi que le vivre-ensemble est une nécessité. Nous ne pouvons plus vivre comme il y a 50 ans, reclus derrière des barrières insurmontables. Nous avons pour devoir de nous accepter les uns les autres ! Et si notre État a fait le choix d'une religion, je vous rappelle que ce choix fut fait démocratiquement, ce fut pour apaiser les tensions identitaires qui secouaient tout le pays ! Nous n'avions d'ailleurs pas d'autres options, sans quoi la guerre civile éclatait de façon irrémédiable.

– Mais Monsieur le Conseiller, que répondez-vous à ceux qui vous accusent de vous être servi des tensions pour alimenter les peurs et faire élire notre président à la tête de la Fédération des Régions Musulmanes de France ? Que dites-vous à ceux qui nous conspuent pour avoir détruit l'unité nationale ?

– Je leur réponds que ces peurs étaient réelles, portées par des violences quotidiennes ! Elles n'étaient pas du fait de notre imagination ! Dois-je vous rappeler que le nombre d'agressions quotidiennes est passé de 3400 en 2030 à moins de 300 aujourd'hui à l'échelle des anciennes frontières ? Les Français sont plus heureux ainsi, et les habitants de nos fédérations le sont aussi.

– Merci, Monsieur le Conseiller. Chers auditeurs, nous accueillions pour cette matinale notre conseiller aux Affaires intérieures, Monsieur Samas. Je laisse maintenant l'antenne à l'imam de la Grande Mosquée de Montfermeil pour le prêche du jour…

Je coupais la radio pour ne plus entendre leur propagande. J'étais fasciné par la dialectique de cet homme. Il était brillant et probablement plus sincère que ses homologues. Il voulait sincèrement le bien de nos concitoyens et des siens, et cela était respectable. Mais il avait fait de la Fédération un État islamique pour des raisons fallacieuses, et cela, aucun Français ne pouvait le lui pardonner.

Je me rappelais l'échec de notre gouvernement 20 ans auparavant. Au moment où nous avions tenté de restaurer l'ordre dans les cités, un groupe de CRS s'était fait massacrer après avoir tenté d'interpeller des musulmans soi-disant pacifistes. En quelques heures, des centaines d'hommes et de femmes avaient perdu la vie sous les yeux des caméras.

Le Pape avait alors prononcé en urgence un discours retransmis à la télévision. « Moi, successeur de Pierre, j'exhorte mes frères chrétiens à une conversion profonde. Nous devons, en tant que fils de Dieu, être conscients de nos faiblesses et de nos erreurs. Il appartient à Dieu de guider les nations et aux hommes de vivre dans la foi. J'en appelle en particulier au peuple français et à ses gouvernants, ne vous laissez pas envahir par la peur de l'Autre, elle vous est inspirée par le Malin. Soyez ouverts à ce qui est différent, soyez conscients de ses richesses, ne choisissez jamais les armes, acceptez toujours l'humilité. Nous ne devons pas être de ceux qui divisent. Si nous n'acceptons pas qu'une autre religion, qui n'est pas plus violente que la nôtre, soit présente sur notre continent, alors nous irons droit à la guerre civile. Je t'en conjure, peuple de France, dépose tes armes et retrouve le chemin de la fraternité et de la paix. »

Les médias internationaux s'en étaient donné à cœur joie, se servant de l'appel du Pape Pierre II pour montrer que Marion Maréchal était désavouée par le Saint-Père. En parallèle, une partie conséquente de la gendarmerie avait « posé le casque » refusant d'obéir aux ordres. Il était apparu ensuite que les sections qui avaient fait défaut étaient principalement composées de musulmans.

Ces deux éléments, combinés à un véritable tsunami d'attaques venues des médias qui parlaient de faire venir les casques bleus, avaient fini par venir à bout de la volonté de Marion et elle avait dû annoncer qu'elle retirait l'armée des zones de non-droit pour préserver l'unité nationale. Les Natifs avaient évidemment réagi immédiatement en déployant un « cordon sanitaire » auprès de la plupart des points chauds, ils avaient ainsi contribué à contenir les potentielles émeutes tout en essayant de pousser le gouvernement à aller au bout du nettoyage promis.

Mais le gouvernement n'avait pas pu se résoudre à provoquer la guerre civile, il avait donc sollicité le peuple à travers un référendum sur la question de l'autonomie des cités. La machine médiatique avait pesé de toutes ses forces dans la bataille des urnes.

Les sondeurs n'arrivaient pas à savoir quel serait le résultat. J'avais été persuadé à l'époque qu'une majorité écrasante soutiendrait le gouvernement dans sa volonté de résoudre radicalement le problème des cités. Mais ça n'avait pas été le cas. Diverses condamnations venues de la Cour européenne des droits de l'homme, de la Commission européenne, de l'ONU et de l'OTAN avaient fait peur aux Français. De son côté, Samas jouait de la complaisance médiatique pour apparaître partout où il le pouvait et rassurer la population sur les intentions de ses coreligionnaires.

Il avait fini par triompher en obtenant un soutien de 52 % de la population. Comme en 1939, les Français étaient prêts à tout pour éviter la guerre, y compris à perdre une partie de leurs territoires.

Marion avait été obligée de dissoudre l'Assemblée nationale pour tenter de reprendre l'initiative. Elle avait gagné d'une courte tête devant LREM, cette fois dirigée par Pécresse. Elle avait ensuite annoncé le retrait des forces de l'ordre des différentes banlieues et la création de zones partiellement autonomes suite à un référendum organisé localement dans chaque cité.

Les résultats avaient été quasi identiques dans les 911 points chauds, 95 % des habitants souhaitaient vivre dans des zones sous le contrôle d'une Fédération des Régions Musulmanes de France. La réalité était plus complexe : les imams avaient obtenu du gouvernement que les référendums se passent au sein même des cités sans qu'il y ait de présence policière, au prétexte de garantir l'apaisement et ne pas jeter d'huile sur le feu. La pression qui pesait sur les votants était telle dans les cités que l'issue du vote était évidente.

Une rencontre avait ensuite été organisée à Montfermeil pour acter l'autonomie des régions en question. J'y avais participé en tant que conseiller spécial du Marion en charge des questions d'immigration et d'intégration. J'avais été impressionné par la scène : des dizaines de milliers de Français faisaient face à des milliers de ce qu'il convenait désormais d'appeler des autonomistes. Ils se jaugeaient, séparés par des militaires d'un côté et des gardiens de l'autre. Un espace d'une centaine de mètres les séparait, tous avaient conscience de vivre un moment clé de l'histoire de France, et peut-être même de l'histoire de l'Occident où, comme à presque toutes les époques, la France allait jouer le rôle de précurseur, de modèle, que ce soit dans ses grandeurs ou dans ses chutes.

Samas était arrivé en premier, fendant la foule, escorté par un groupe d'une centaine de jeunes hommes vêtus de blanc et accompagné des représentants de 20 des zones autonomistes les plus importantes : Marseille (dont le tiers de la ville passait en zone autonome), Grenoble, Chartres, Colmar, Toulon, Saint-Denis, Montfermeil, Roubaix… En dehors de la Bretagne, presque toutes les grandes villes perdaient un pan entier de leur territoire.

Tous les représentants portaient ostensiblement un habit traditionnel, Samas inclus. Leur procession paraissait étrange dans notre pays, les tenues ne correspondaient pas au climat, mais il était ici question d'une démonstration de force, tout le monde le savait.

J'étais arrivé avant le cortège officiel par mes propres moyens, j'attendais au premier rang que Marion et le gouvernement arrivent. Quand elle arriva, le brouhaha ambiant s'éteignit, les visages étaient inquiets du côté français, réjouis du côté des autonomistes. Marion était blême, elle n'avait plus le choix, elle savait qu'elle devait aller au bout de la démarche.

Elle avait rejoint Samas, accompagnée de ses ministres régaliens. Sous nos yeux, émue aux larmes comme l'était la foule derrière elle, elle signa les accords de Montfermeil qui donnait à la Fédération des Régions Musulmanes de France le droit de disposer d'elles-mêmes, avec leurs propres lois, leur mode de vie, leurs coutumes. Seul leur avait été refusé le droit de créer une force militaire.

La suite avait été rapide, les zones du littoral sud devinrent vite le lieu d'accueil et de refuge de dizaines puis de centaines de milliers d'immigrés. Malgré la pression de l'État, les zones autonomes eurent beau jeu d'expliquer qu'elles n'avaient pas les moyens de lutter contre l'immigration illégale qu'elles subissaient et demandèrent des aides financières qui leur furent refusées. Les migrants passaient d'une zone à l'autre avant de se fondre dans le pays ou de grossir les rangs des autonomistes.

L'inertie et le manque de politique courageuse au niveau européen ne permirent pas à la France de mettre en place les contrôles nécessaires aux frontières, le phénomène continua à prendre de l'ampleur durant des années, jusqu'à arriver à un point de pression tel que la Belgique se scinda à son tour en deux.

En France comme en Belgique, les gouvernements décidèrent d'ériger des frontières autour des zones occupées par les autonomistes. J'étais effaré de l'absence totale de réaction des Européens dits « de souche » qui s'écrasaient littéralement devant ce que nous pouvions désormais appeler clairement des envahisseurs.

De leur côté, les imams radicaux avaient imposé un mode de vie totalement soumis à l'islam le plus rétrograde dans les cités : le voile était obligatoire, la burqa conseillée, les non-musulmans étaient soumis à des taxes particulières et n'avaient pas les mêmes droits que les autres citoyens, le porc était interdit, l'alcool aussi… Les migrants qui arrivaient étaient nombreux à fuir ce climat auquel ils avaient cherché à échapper dans leur pays d'origine. Des minarets avaient été érigés à côté de chaque mosquée, relayant les cris des muezzins bien au-delà des cités.

J'arrivai bientôt à côté de l'ancienne mairie de Trappe, reconvertie en salle des fêtes pour célébrer les mariages ou autres événements familiaux. Mon ancien professeur habitait un immeuble récent, sans âme. J'y entrais sous le regard méfiant de quelques jeunes qui traînaient devant l'entrée. Étrangement, je me sentais en sécurité, la police islamique faisait bien son travail et était respectée par la population, c'était d'ailleurs l'un des rares points positifs de la partition du territoire : la sécurité était revenue.

Je grimpai au 7e étage, la cage d'escalier délabrée était glaciale. Je sonnai. La porte s'ouvrit sur un enfant de quelques années, j'entendis une voix au loin : « Samir, fais venir mon invité, s'il te plaît. » Il me guida dans un petit salon décoré à la marocaine. Je découvris une femme totalement différente de celle que j'avais connue. Elle était habillée d'une robe qui touchait le sol, ses bras étaient couverts par une espèce de t-shirt à manches longues.

– Bonjour Élisabeth, je suis heureux de vous revoir, cela faisait trop longtemps. Son regard était éteint mais j'y décelai une pointe de colère ou de tristesse.

– Je ne m'appelle plus Élisabeth. Tu ne sais pas que les prénoms trop « français » sont interdits ici ? Je m'appelle Leilah maintenant, c'est plus arabisant donc ça leur convient mieux. Pourquoi es-tu venu ici ? J'ai honte que tu voies ce que je suis devenue.

– Je suis venu pour essayer de comprendre Élisa... Leilah. Je veux savoir ce que vous faites ici, pourquoi avez-vous tout quitté pour ce monde rétrograde ?

– Assieds-toi.

Je m'installais sur un pouf, elle me versa un thé vert que j'imaginais provenir du Maroc ou de Tunisie. Elle me tendit des pâtisseries diverses, trop sucrées. Elle semblait réfléchir tout en me servant. Ce serait désormais sa destinée : servir, être une bonne épouse, rester soumise à son mari. Elle reprit avec un semblant de calme :

– Imagine-toi que tu viens d'un milieu simple. Ton père était épicier, ta mère s'occupait de toi et de tes 4 frères. Ils ont tout donné pour toi et pour eux, ils ont sacrifié leur vie pour que vous en ayez une suffisamment confortable. Et pourtant, seule l'un de leurs enfants s'en sort : toi. Tu es douée à l'école, tu réussis, tu obtiens une bourse, tu entres dans l'une des plus prestigieuses *business schools* du monde. Et puis un jour, 20 ans après que tu sois partie de chez toi, ton pays se fracture en deux. Tu as le choix entre deux mondes. Celui de tes copains brillants, riches et à l'abri du besoin. Ou celui de tes parents, de tes oncles et tantes, qui n'ont pas le choix de rester là où ils sont, tout simplement parce qu'ils ne connaissent que ce monde-là et qu'ils n'ont ni les moyens ni le courage de le quitter. Ils sont vieux, ils sont effrayés, deux de leurs fils se sont radicalisés, le troisième est probablement mort en Syrie et le dernier vit sa vie on ne sait où en Europe. Tu es donc leur seule source d'espérance. Qu'aurais-tu fait à ma place ?

– Je n'en sais rien… j'ai toujours méprisé mes parents, je n'ai pas la moindre idée de ce que tu as vécu.

– Exactement ! Tu as toujours méprisé tes parents

alors qu'ils t'ont tout offert. Tu leur as craché au visage parce que tu détestais leur rapport à l'argent, et pourtant c'est grâce à cet argent que tu as pu obtenir tes diplômes, ton beau CV et ton petit parcours de gagnant de la mondialisation. Alors oui, tes parents sont probablement d'insupportables consommateurs, d'abominables jouisseurs égoïstes, mais tu es un petit enfoiré d'oser penser que tu les aurais abandonnés. J'ai fait comme la plupart de mes amis qui s'étaient intégrés à la France, qui s'étaient même assimilés. J'ai rejoint ceux dont j'étais la plus proche. Et soyons clairs, je suis aussi beaucoup plus proche d'eux sur le plan idéologique que je ne le suis des Français. Vous tuez vos enfants dans le ventre de leurs mères par centaines de milliers, vous euthanasiez vos vieux après les avoir parqués dans des mouroirs pour éviter d'avoir à vivre avec eux, vous mariez les hommes entre eux, les femmes entre elles, vous les autorisez à se payer le ventre de femmes pour produire des bébés… Vous êtes totalement paumés et, face à ça, je préfère les bonnes vieilles valeurs que sont l'autorité, la stabilité du couple, l'altérité, le respect de la nature et tout ce qui en découle. Alors oui, ma vie est désormais sans intérêt, mais je suis au moins restée fidèle à ma famille et ça me permet de me regarder chaque matin dans un miroir sans avoir à vomir. Tu peux le comprendre ?

Elle était au bord des larmes. Je réalisai que je n'avais jamais pris conscience que son attachement à ses origines pouvait l'avoir emporté sur son destin personnel.

– Et tu n'as pas la moindre idée de tout le mal que vous avez fait avec ta chère présidente ? Vous n'avez pas eu conscience qu'en reculant après avoir tant avancé, vous avez tout détruit ? C'est à cause de vous que nous sommes des centaines de milliers à vivre sous le joug de dégénérés qui nous imposent des conditions de vie dont nous ne voulons pas !

– Mais je ne comprends pas pourquoi vous n'avez pas eu le courage de partir de cet endroit, avec votre famille, les frontières sont ouvertes !

– Ah, tu ne comprends pas, hein ? cracha-t-elle. À ton avis ? Quand vous nous avez mis au pied du mur, pourquoi les trois quarts des musulmans ont-ils choisi de partir dans les zones autonomistes ?

– Mais je n'en sais rien !

– Parce que s'ils ne le faisaient pas, ils perdaient tout. TOUT, TU M'ENTENDS ? Ils perdaient leurs amis, leurs familles, ils allaient être séparés de tous ceux qui n'avaient pas le choix ou le courage de partir de ces zones maudites. Tous ceux qui avaient peur de quitter leur vie. Tous ceux qui n'osaient pas venir habiter parmi vous, sous le regard indifférent de ceux que nous appelons infidèles. Qui nous aurait accueillis ? Qui nous aurait aidés à avoir une vie sociale épanouie et heureuse ? Voilà les fruits de votre politique lâche et égoïste. Alors maintenant, ne viens pas avec ton air benêt me demander ce que je fais là ! Je n'en sais rien, je n'ai pas le droit de travailler, je n'ai pas le droit de conduire, j'ai juste le droit d'élever mon petit-fils. Va-t'en maintenant, ta venue est une insulte à mes souvenirs et à ma vie.

Je la quittais totalement déprimé. J'arrivai à ma voiture abasourdi, hagard, je n'avais pas imaginé une seule seconde que la plupart des musulmans devraient se soumettre contre leur gré aux intégristes. Je pris le volant, je roulais sans but, dans mes pensées. Je finis par me diriger vers la route de l'ouest. La France allait mourir, la vieille Europe avec elle. Bastion de la chrétienté depuis des siècles, elle cédait la place à deux civilisations antagonistes : la civilisation musulmane d'une part, la civilisation numérique de l'autre. Je ne savais pas qui allait gagner le combat et je m'en foutais, je faisais partie du camp des perdants, le camp de ceux qui n'étaient ni transhumanistes ni musulmans, le camp de ceux qui refusaient de se soumettre au capitalisme sauvage et à l'intégrisme islamique, le camp de ceux qui allaient disparaître.

Quelques minutes plus tard, je quittai la ville, un dernier coup d'œil dans mon rétroviseur me permit de voir le drapeau bleu, blanc, rouge affublé d'un immense croissant qui flottait au-dessus de l'ancienne mairie, symbole sous lequel près de 9 millions d'ex-Français vivaient désormais. Dans un ultime élan de cynisme, j'ouvris ma fenêtre et je hurlai : « La France est morte, vive la France islamique ! » Et je pleurai.

Tut-tut-tut-tut-tut-TUT-TUT-TUT-TUT-TUT. TUT-TUT.

J'ouvris les yeux soudainement, j'étais en sueur. Le cauchemar avait été parfaitement réaliste, les images s'estompaient doucement mais restaient présentes : la France islamique, la partition du territoire... J'avais vécu en cauchemar le temps des isolats. Je regardai mon téléphone sonner. Nous étions le lundi 18 mai 2026, il était 20 h 30.

J'avais fait une sieste tardive dans le petit hôtel que j'avais trouvé à Versailles. La nuit était tombée, l'obscurité régnait dans la chambre, la couverture dont je m'étais couvert était tombée par terre. Je me levai doucement, les yeux ensommeillés, je filai prendre une douche pour me préparer pour le rendez-vous que j'attendais avec impatience depuis la veille.

Quand je sortis du bâtiment, la nuit était totalement tombée et une légère brise rendait la soirée fraîche et agréable. Je respirais l'air printanier, l'été était proche ! Ma petite promenade nocturne me fit traverser une partie de la ville, la place du marché était animée par les bars qui accueillaient les habitants trop heureux de partager un verre en terrasse. J'avais l'impression d'être coupé du monde. L'incroyable bazar dans lequel se trouvait une partie de la France n'avait pas de prise sur cette ville dont le centre névralgique était le château le plus célèbre du monde. La guerre civile, ou ce qui s'en rapprochait le plus depuis la Révolution française en tout cas, avait débuté 24 heures auparavant et on n'en voyait pour le moment aucune trace ici.

Je passai par la rue de la Paroisse qui m'offrait une balade plus agréable que les grands boulevards qui menaient directement au château. Je passais ensuite devant celui-ci, admirant sa taille démesurée et la puissance qui en émanait. Quinze minutes plus tard, je me trouvai devant des grilles en fer forgé, encadrées de deux piliers surmontés de têtes de cerfs en pierre. J'étais arrivé à la Lanterne, résidence secondaire du président de la République depuis Nicolas Sarkozy.

L'un des deux policiers en faction me fit décliner mon identité et, après les contrôles d'usage, me fit emmener dans la propriété. Nous traversâmes la cour entourée des bâtiments qui dataient de la période prérévolutionnaire. Le symbole était fort, nous entrâmes ensuite dans le bâtiment principal pour arriver enfin à l'arrière du pavillon.

Les quatre participants à la réunion se levèrent en me voyant arriver, souriants, malgré le contexte extrêmement tendu. Alexandre, Marion, Geoffroy Lejeune et Éric Zemmour me saluèrent tour à tour. J'étais avec l'équipe resserrée de Marion : Zemmour apportait la doctrine, Alexandre la stratégie pour la mettre en œuvre, Lejeune rendait tout cela compréhensible pour nos compatriotes grâce à une pédagogie et une communication parfaite. Quant à moi, je me demandais ce que je fichais là.

Nous nous installâmes sur une terrasse, diverses boissons nous furent proposées par un serveur ganté.

« Bon, la cellule de crise que nous avons montée à

l'occasion de la guerre urbaine qui se déroule dans les cités fait état d'une situation alarmante. Les armes automatiques ont remplacé les roses, les hommes jeunes et entraînés ont pris la place des femmes et des enfants, l'ennemi nous révèle son vrai visage. Des milliers de Français ont dû quitter leur logement et leur ville pour se mettre à l'abri. Seuls les musulmans sont encore tolérés dans les plus de 900 points chauds répertoriés, et une bonne partie de ces derniers s'est réfugiée en dehors des cités, usée par la peur, ou par désaccord avec les *leaders* islamistes. Nous allons devoir prendre des décisions radicales pour endiguer la violence, rétablir la sécurité et restaurer l'État de droit. Le chemin est dangereux, tous nos voisins européens nous observent, l'Europe a peur de retomber dans une grande guerre et les pays de l'ouest européens sont paniqués à l'idée de faire des musulmans les martyrs du XXIe siècle, après ce qu'a fait subir le XXe siècle aux juifs. Vous connaissez la position des médias et de l'extrême gauche : les musulmans sont victimes du système et les islamistes ne sont que le produit de nos exactions passées ou de notre racisme. Pour contrer cette dialectique, nous allons devoir faire preuve d'une maîtrise de nos actions et de notre communication parfaites. Nous allons devoir décider aujourd'hui de notre plan d'action pour les 8 prochains jours. Une erreur et notre gouvernement s'effondre, un faux pas et nous laisserons notre pays aux mains de lâches.

– Nous allons atteindre point de non-retour. Si,

contrairement à Macron, on se décide à attaquer on ne pourra plus reculer, il faudra aller au bout de la démarche.

– Oui, je compte donner toute latitude au chef d'état-major pour agir et détruire toute résistance.

La discussion dura jusque tard dans la nuit, il fallait élaborer un plan de communication efficace et transparent, nous le devions aux Français car les morts risquaient de se compter par milliers. Marion m'annonça qu'elle m'intégrait dans sa son équipe rapprochée pour que je l'accompagne avec Alexandre dans l'élaboration et la mise en œuvre de sa stratégie. Je compris vite que c'est lui qui m'avait fait venir à ce poste.

Le lendemain, Marion annonçait aux médias de la France entière que l'armée allait entrer en conflit ouvert contre les 900 zones qui avaient fait sécession avec le reste du pays. Elle laissait 6 jours aux islamistes pour poser leurs armes, après quoi nos militaires reprendraient par la force le contrôle des territoires perdus.

Pendant ce laps de temps, l'armée se déploya à proximité des points chauds, toutes les réserves opérationnelles de premier et de deuxième niveau avaient été mobilisées. 20 000 hommes avaient ainsi été déployés en renfort des troupes opérationnelles, ce qui portait l'effectif global à près de 135 000 hommes. Dans le même temps, 90 000 policiers avaient pour mission de sécuriser le reste du pays.

La tension était à son comble, la France entière attendait avec appréhension la réaction des cités.

***

Saint-Denis, 6 jours plus tard à 6h59

Le général Legris fixait sa montre. À 7 heures, il devrait faire marcher ses troupes sur la ville de Saint-Denis. Il n'y avait eu aucun signe de vie depuis 5 h 25 du matin, des hélicoptères avaient survolé la zone et indiqué qu'il n'y avait plus de trace des belligérants. Avaient-ils renoncé ? Il en doutait, il connaissait ces fanatiques pour les avoir combattus au Mali et en République centrafricaine. La seule inconnue était la part de la population partisane d'un islam modéré qui suivrait les combattants. Le général était conscient que la majeure partie d'entre eux ne voulaient pas d'un islam radical, mais allaient-ils pour autant défendre la France ? Là aussi, il en doutait. Une partie non négligeable d'entre eux se joindrait probablement aux islamistes pour défendre l'islam contre les valeurs occidentales. Combien ? 20 % ? 30 % ? Il espérait moins.

Sa montre afficha 7 heures. Il lança l'assaut sur la cité.

***

Deux heures plus tard

Des tirs fusaient de partout, chaque barre d'immeuble, chaque petite ruelle, chaque carrefour était un danger potentiel pour les militaires engagés dans un véritable combat de rue. Les islamistes avaient mobilisé bien au-delà de ce qu'avait anticipé l'état-major. Et chacun d'eux était armé.

« Baisse-toi ! » Maxime appuya sur la tête de Fred au moment où une détonation retentissait. La balle s'enfonça dans la paroi bétonnée de l'immeuble contre lequel ils s'adossaient avec leurs 13 camarades. Maxime riposta avec une rapidité fulgurante, le tireur tomba du balcon sur lequel il était perché et s'écrasa à quelques dizaines de mètres d'eux.

– C'était moins une, merci vieux.

Maxime ne répondit pas, il courut vers l'abri provisoire d'un porche d'immeuble, ses hommes le couvraient avec un feu nourri contre les potentielles planques ennemies. Une fois en sécurité, il fit signe à trois de ses soldats de le rejoindre. Les autres suivirent par petits groupes.

– On va entrer dans l'immeuble et nettoyer chaque appartement. Faites gaffe, il n'y a pas que des islamistes ici, le commandant pense que c'est un point de ralliement pour des civils qui s'y seraient réfugiés.

– Mon capitaine, s'ils ne se sont pas enfuis, c'est qu'ils sont de leur côté, non ?

– Je ne tolérerai aucune victime désarmée, vous devrez faire preuve de discernement. Qui te dit qu'ils n'ont pas été contraints de rester ? On ne tire qu'en cas de menace, c'est clair ?

Ses hommes acquiescèrent d'un hochement de tête.

– Alors on y va.

Ils entrèrent rapidement dans le hall de la barre d'immeubles. Le courant avait été coupé dans tout le quartier, ils mirent leurs lunettes de vision nocturne. Le rez-de-chaussée était vide, ils montèrent les escaliers silencieusement, chaque marche les approchait d'une mort potentielle, ils en étaient tous conscients, ils en avaient fait leur métier. Une fois arrivés au premier étage, ils se mirent par paires devant les portes des appartements. Les 7 soldats restants se préparèrent à entrer en force dans le premier d'entre eux. Maxime leur fit signe de se préparer, ses mains indiquèrent le compte à rebours : « 3… 2… 1… BOUM ! » La porte s'ouvrit avec fracas et ils pénétrèrent dans le logement. Ils ressortirent quelques secondes plus tard, tout était calme. Ils savaient qu'à partir de maintenant, tout l'étage était conscient de leur présence. Ils se mirent devant le second appartement et réitérèrent l'opération. « 3… 2… BAAAM ! ». La porte explosa et les soldats furent balayés. Une bombe venait d'exploser depuis l'intérieur. Fred se releva le premier et mit en joue ce qui restait de l'entrée.

– Ça va les gars ? Des blessés ?

– Moi ça va.

– Je suis sonné.

– La vache, quelques secondes plus tard et j'étais dedans !

Tous se relevèrent, ils n'avaient rien, à part quelques blessures mineures. Maxime entra dans l'appartement. De toute évidence, il s'agissait d'un kamikaze, il y avait des restes humains partout. Il ressortit rapidement et se dirigea vers le troisième appartement.

La tension était palpable, les soldats se placèrent autour de la porte, les armes pointées vers elle. Celle-ci s'ouvrit tout doucement sous leurs yeux, les doigts étaient à quelques millimètres des gâchettes, prêts à les presser. Un petit visage pointa le bout de son nez, un enfant de cinq ou six ans les regardait, effrayé. Tout le monde resta immobile, attendant un ordre du commandant. Celui-ci était incapable de réagir.

Le petit garçon recula, doucement, et referma la porte sans bruit. Tous étaient sur le qui-vive, le regard fixé sur la porte. Après une minute le chef déclara :

– On bouge les gars, on va monter à l'étage supérieur.

Le petit groupe monta prudemment dans les escaliers. Une fois sur le second palier, ils se remirent en position. La porte du premier appartement fut défoncée d'un coup de bélier et Maxime entra le premier. Un long couloir s'ouvrait devant lui, deux portes l'encadraient de chaque côté, elles devaient donner sur des chambres. Le couloir aboutissait sur un petit salon. À peine avait-il fait deux pas qu'un homme surgissait tout au bout du couloir et vidait son chargeur dans sa direction. Il eut à peine le temps de plonger au sol, ses hommes tirèrent et abattirent le tueur. L'un des soldats était blessé et fut évacué. Le reste de l'appartement était vide.

Soudain, il entendit deux détonations depuis le palier de l'étage. Le silence qui suivit fut assourdissant, glaçant. Puis un hurlement atroce retentit, un hurlement comme jamais il n'en avait entendu, celui d'une femme. Maxime était sonné, paralysé. Son sang se figea dans ses veines, un hurlement pareil ne pouvait qu'être synonyme de drame affreux. Il sortit doucement de l'appartement et vit ce qu'il redoutait le plus : un enfant d'une dizaine d'années, le corps criblé de deux balles, mort, un couteau à la main. Il comprit vite que ses hommes avaient forcé la porte, le gamin avait dû vouloir protéger sa mère, paniqué, et ils avaient tiré en voyant la menace. Le hurlement se transforma en gémissement. Ses soldats étaient sous le choc, deux d'entre eux pleuraient. Probablement ceux qui avaient tiré, pensa Maxime.

Maxime avait quitté l'armée quelques années auparavant mais il avait décidé de se réengager quand Marion avait pris le pouvoir et quand l'anarchie avait commencé à régner. Les Natifs avaient moins besoin de lui que son pays. Il avait donc décidé d'aider à la restauration de la paix civile. Et voilà qu'au premier jour de combat, il revivait l'enfer de la guerre civile avec le meurtre d'un enfant innocent. Les images revinrent en masse dans son esprit, des femmes mutilées, des viols, des scènes d'horreur auxquelles il avait assisté avec ses camarades, sans pouvoir rien faire faute d'effectifs et d'ordres clairs. Son regard se brouilla. Il mit près de cinq minutes à reprendre ses esprits, la mère gémissait sur le corps de son enfant. La scène, pathétique et terrible, était insoutenable. Il fit signe à ses hommes de partir, ils devaient finir de nettoyer l'immeuble pour sécuriser la grande rue. Il reviendrait plus tard pour aider la mère en détresse.

Les mêmes scènes de guerre urbaine se répétaient à travers tout le pays. Seules 128 zones avaient hissé le drapeau blanc. L'Europe entière suivait avec effarement le spectre de la guerre civile qui avait embrasé la France. De nombreux gouvernements se préparaient eux aussi au pire, la Belgique et l'Allemagne commençaient à voir des insurrections dans leurs banlieues chaudes.

***

Palais de l'Élysée

Le chef d'état-major des Armées, le général Puga, parlait avec Marion Maréchal, le général de Villiers, Patrick Buisson, Alexandre et Robert Ménard.

« On va atteindre les 50 000 morts d'ici ce soir je pense. C'est au-delà de nos pronostics les plus pessimistes et cela fait moins de 48 heures que l'opération Reconquête a été lancée.

– Combien de victimes collatérales? demanda Ménard.

– Difficile à dire, je table sur quelques centaines, probablement moins de 1 000. La bonne nouvelle se situe en revanche du côté du nombre de zones pacifiées, sur les 900 cités, 128 se sont rendues avant l'opération, 380 de plus sont désormais sous contrôle. Nous avons fait plus de la moitié du chemin. 350 000 habitants sont sous surveillance dans des camps de rétention en attendant de voir ce que nous faisons d'eux.

Marion prit la parole.

– Et la mobilisation des musulmans pacifistes, Robert? Est-ce qu'on arrive enfin à trouver des musulmans en nombre suffisant pour condamner les islamistes?

Elle avait l'air épuisée, des cernes mangeaient son visage et ses traits étaient tirés.

– On rame, c'est très difficile pour eux de se positionner contre ceux qui agissent au nom du Coran. Ils sont en désaccord avec la façon de faire des extrémistes, mais il n'empêche qu'ils nous font comprendre qu'ils sont frères dans leur foi et qu'il leur est difficile de se positionner les uns contre les autres. Quelques collectifs se sont montés mais ils sont quasiment inaudibles.

– Et les Natifs?

– Ils sont à nos côtés mais ils ne peuvent rien faire de plus que nous fournir une aide bénévole qui est limitée.

– Bon. Et le reste de Français, qu'est-ce qu'ils pensent de tout ça? Elle s'adressait cette fois à Patrick Buisson.

– J'ai lancé trois sondages. Il en ressort un clair soutien concernant l'action du gouvernement dans la reconquête et la pacification des cités. Le terme Reconquête est d'ailleurs plébiscité. Ce qui est moins clair, c'est l'adhésion des Français à la suite des opérations. Le cantonnement des rebelles dans des zones sécurisées est appuyé par 76 % d'entre eux. En revanche, la déchéance de nationalité pour tous ceux qui n'auraient pas quitté les cités dans le délai imparti n'est soutenue que par 46 %.

– C'est parfait, nous ne comptons pas en arriver là, tu le sais. En revanche, a-t-on testé les reconduites massives aux frontières ?

– Oui, là aussi, ils sont mitigés : 43 % ont répondu « plutôt favorable » mais autant ont répondu négativement. Nous allons devoir être prudents, les militants antifas et ce qui reste de l'extrême gauche veilleront à mettre le bazar si nous allons trop loin et trop vite.

– Général, dans quel délai pensez-vous pouvoir reprendre le contrôle du territoire ?

– Toute la question est de savoir si nous parviendrons à contenir l'incendie. Si jamais la guerre se répand en dehors des zones que nous avons identifiées, cela risque de mal tourner et nous perdrons des semaines. Dans le cas contraire, je pense que d'ici huit jours, 90 % du pays seront pacifiés.

– Alors faites en sorte de contenir les émeutes.

Cette dernière phrase relevait plus d'une prière que

d'un ordre. Elle se leva et alla à la fenêtre perdre son regard dans le paysage qui s'offrait à ses yeux.

– Je vois de moins en moins comment nous allons à nouveau pouvoir unir les Français. La rupture est d'une violence inouïe, la réconciliation va être longue, complexe. Il va nous falloir penser à l'après-crise.

Elle se retourna vers le petit groupe.

– Alexandre, je voudrais que tu travailles sur le sujet s'il te plaît. Nous allons tout faire pour crever l'abcès monstrueux que les gouvernements précédents ont laissé gonfler mais, une fois le pus vidé, il faudra purifier la plaie et l'aider à cicatriser. C'est là que sera le plus grand danger : il faut à tout prix nous assurer de la continuité de nos politiques, sans quoi nos successeurs détruiront ce pour quoi nous nous serons tant battus. Cela ne doit surtout pas arriver.

***

Saint-Denis, 5 jours plus tard

La nuit était tombée depuis deux heures, toute la cité était encerclée par des véhicules militaires, les égouts eux-mêmes étaient sous surveillance. Les soldats s'étaient retirés en fin de journée, les pertes du côté militaire se chiffraient à 123 hommes rien que pour cette zone. Les islamistes comptaient plus de 800 morts et des centaines de blessés.

Un petit groupe observait discrètement l'une des

entrées bloquées par les camions, il était composé d'une vingtaine d'hommes, jeunes et armés.

– Nous sommes prêts Amir, on attaque dès que tu nous donnes le go.

– Patience mon frère. Nos hommes ne sont pas encore en place. Dès que nous entendrons l'explosion, nous pourrons y aller.

Quelques minutes plus tard, une explosion retentit en effet. Une voiture piégée avait été précipitée sur l'une des entrées de la cité à moins de 200 mètres de là. Les militaires qui devaient surveiller la sortie par laquelle le petit groupe cherchait à sortir se précipitèrent vers le lieu de l'explosion, la voie était libre.

Ils coururent. Chacun de leurs pas leur semblait faire autant de bruit qu'un troupeau de buffles, mais personne ne les intercepta. Après un temps qui leur parut interminable, ils franchirent enfin le barrage et se trouvèrent nez à nez avec un homme, seul, qui semblait les attendre, calmement. Le groupe s'arrêta net, sentant un piège. Amir s'avança doucement, il savait que si un coup de feu était tiré l'armée des *kouffars* lui tomberait dessus en une minute, il devait donc tout faire pour neutraliser le soldat en silence. Il fit un pas, puis deux, l'homme était à moins de 5 mètres de lui, il en fit un troisième et là, le temps sembla s'arrêter sous ses yeux. L'homme fit un mouvement brusque. Amir ne comprit ce qui lui arrivait que lorsque la lame lui pénétra les chairs, il était mort avant d'avoir touché le sol. Dans le même mouvement, le soldat mit un genou à terre et sortit une arme de poing de son dos, il fit feu 4 fois. Au même moment, une dizaine de détonations retentirent, d'autres soldats protégeaient le soldat solitaire, ils avaient tendu une embuscade au groupe d'islamistes. Ils s'écroulèrent tous en moins de dix secondes, ils n'avaient pas eu le temps de tirer une cartouche.

Maxime se releva, rangea son pistolet dans sa ceinture et alla récupérer son couteau sur le cadavre du chef ennemi. Il se tourna vers ses hommes et leur dit :

– Bravo les gars, on se remet en position près de la barricade. On sera relevés dans trois heures.

La nuit promettait d'être longue.

***

Salle du Conseil européen

– La parole est à la Présidence française.

– Chers homologues, vous le savez, la France, et l'Europe avec elle, est en péril. Le spectre de la guerre civile que nous étions nombreux à annoncer depuis des décennies n'en est plus un. C'est désormais une réalité dans de nombreux pays de l'Union : Belgique, Allemagne, Italie, Espagne, Grèce… Nous vivons tous en situation de conflit intérieur. La France en est l'épicentre pour deux raisons. Non seulement nous sommes ceux qui avons eu la politique migratoire la moins répressive en distribuant généreusement de l'aide à tous ceux qui, exilés ou non, le demandaient sans appliquer nos propres lois. Mais, en plus, nous sommes le pays qui représente le mieux l'identité chrétienne de l'Europe par notre histoire. Les différents États islamiques du Proche-Orient, du Maghreb et d'Afrique Noire nous ont identifiés comme la première cible à abattre. De ce fait, nous sommes dans l'obligation de fermer intégralement nos frontières, nous allons dès demain sortir de l'espace Schengen et rétablir un contrôle extrêmement strict.

Un léger brouhaha la fit taire, elle laissa quelques secondes ses interlocuteurs échanger entre eux, puis elle reprit la parole :

– 15 % des djihadistes auxquels l'armée française fait face viennent de pays limitrophes, d'Allemagne en particulier. Nous ne pouvons plus laisser la situation se dégrader, sans quoi nous perdrons le contrôle de la situation. Si la France devait tomber, ou du moins si elle devait laisser des portions de son territoire sous contrôle islamique, ce serait la fin notre Union. La fermeture des frontières ne sera en aucun cas la fin de l'Union européenne. Elle est nécessaire mais elle ne doit pas empêcher la coopération entre nos pays. Nous aurons besoin d'être solidaires face à la menace islamique et nous devrons protéger nos frontières communes d'un même effort. Mais tant que cela ne sera pas le cas, la France devra se mettre en sécurité.

Une partie de l'assemblée se tourna vers le chancelier allemand, seul à même de contrebalancer la position française. Les autres puissances européennes étaient soit trop affaiblies soit dans le même cas que les Français. Le chancelier le savait. Il regarda ses interlocuteurs en réfléchissant. Le Premier ministre italien, Matteo Salvini, était évidemment lié à Maréchal ; la Grèce avait pris le tournant identitaire et anti-immigration depuis 2020 ; l'Espagne était prudente et inquiète de la situation car le parti identitaire montait inexorablement dans son pays, son candidat avait failli être élu lors des dernières élections ; les pays de l'Est penchaient de plus en plus à droite depuis des années.

Friedrich Merz, élu chancelier tout récemment, était partisan d'un durcissement des positions du CDU, parti d'Angela Merkel, mais il n'était pas pour autant favorable aux extrémistes de tous poils qui commençaient à prendre le contrôle de l'Europe. Sa réaction surprit donc tout le monde.

– Je sais que la parole devait être donnée à la Hongrie après la France. Puis-je me permettre une simple intervention ?

Viktor Orban donna son accord d'un signe de tête.

– Nous devons à tout prix conserver notre Union pour que l'Europe demeure forte. Que chacun ait envie de fermer ses frontières dans le contexte actuel est logique, nous l'avons fait il y a cinq ans pendant la crise sanitaire liée au Covid-19. Pour autant, soyons prudents et ne réveillons pas les nationalismes endormis, sans quoi nous risquons de nous perdre.

Le Premier ministre Hongrois, Viktor Orban, prit à son tour la parole.

– Je suis parfaitement d'accord avec le chancelier allemand, nous devons être autonomes dans la gestion de nos crises respectives, tout en gardant les principes de l'Union européenne. Nous aurions dû prendre acte il y a des années de l'ineptie que représentaient des organes ou des traités comme la Cour européenne des droits de l'homme, puisque nous n'avons pas tous la même conception de ce que sont ces droits, ou comme l'espace Schengen puisque nous avons des politiques migratoires opposées les unes aux autres, ou encore comme le statut de travailleur détaché qui nous met en concurrence les uns avec les autres. Que cette crise soit l'occasion de rebâtir et de repenser nos accords !

La discussion fut difficile mais l'absence de *leadership* allemand ne permit pas aux opposants à Maréchal, Orban et leurs alliés d'imposer leur point de vue. Aucune décision importante ne fut prise, si ce n'est qu'il était clair que l'Union était désormais fragilisée et que chaque pays allait gérer sa crise chez lui en attendant que la situation générale se stabilise ou dégénère.

À la sortie, une meute de journalistes attendait les dirigeants européens. Marion avait anticipé la chose et réussit à prendre la parole en première :

– Bonjour à tous. L'issue de ce Conseil est une victoire pour la souveraineté de chacun de nos pays, nous allons désormais reprendre l'initiative sur la protection de nos frontières. Frontex ne pouvant assurer leur sécurité, plusieurs pays européens ont accepté avec la France d'être les garants de l'arrêt de l'invasion migratoire à laquelle nous faisons face. L'Italie, la Hongrie, la Pologne, la Grèce et 8 autres pays vont prendre en charge la surveillance de nos frontières. Chaque navire de migrants sera désormais reconduit en toute sécurité sur la côte d'où il provient. L'embarcation sera ensuite coulée par nos soins et les passeurs seront condamnés par nos cours de justice. J'en appelle à la responsabilité des pays du Maghreb. Surveillez vos frontières sans quoi nous débarquerons les migrants qui quittent vos pays sur vos côtes et nous prendrons les mesures les plus sévères à l'encontre de vos économies. Le chantage a suffisamment duré, c'est désormais l'Europe qui sera à l'initiative.

***

Conseil Régional, Bordeaux, deux jours plus tard

Alain Rousset, président du conseil régional d'Aquitaine, regarda la petite assemblée qu'il avait réunie. Alain Juppé était présent, du haut de ses 79 ans, des élus de centre droit et de centre gauche avaient fait le déplacement. Près de 65 conseillers régionaux étaient là, ainsi qu'une vingtaine de députés de la région et une cinquantaine de maires, tous étaient socialistes, républicains ou En Marche. Il savait qu'il avait rassemblé suffisamment de personnalités locales pour que sa proposition, si elle devait être acceptée, soit considérée comme légitime aux yeux de la majorité de ses compatriotes. Il avait également fait venir la plupart des médias locaux pour s'assurer que la nouvelle soit diffusée rapidement en cas de succès.

Les derniers arrivants s'installaient dans l'amphithéâtre qui était bondé. Il prit la parole.

– Mes amis, je vous ai réunis aujourd'hui en urgence. Je sais qu'il est parfaitement anormal de faire siéger côte à côte des élus régionaux, départementaux et locaux et je vous sais gré d'avoir accepté, malgré cela, de venir m'écouter. J'ai également convié un certain nombre de personnalités non élues, tel Monsieur Alain Juppé car j'ai estimé que ses conseils nous seraient utiles. Quelles que soient nos appartenances politiques, quelles que soient nos divergences ou nos animosités, je crois que nous sommes tous d'accord pour dire qu'il est urgent, si ce n'est vital, de les mettre de côté. La maison brûle. La maison brûle parce que nous avons laissé la place à l'extrême droite, parce que, et c'est notre responsabilité collective, nous n'avons pas su répondre aux attentes des Français et que nous n'avons pas été capables de changer leur regard sur l'évolution de notre société. Nos compatriotes sont effrayés et ils ont décidé de se réfugier dans les bras des populistes qui sont en train de détruire l'unité de notre pays.

Des applaudissements retentirent.

– Face à cela, nous devons impérativement agir. Qui, si ce n'est nous, élus locaux, pourra faire face à cette menace ? Qui mettra un terme à la guerre civile qui se déroule sous nos yeux ? Personne. Marion Maréchal a mis fin à la démocratie en actant, sans l'accord d'aucun élu du peuple, la mise à sac des cités. Alors ma proposition est la suivante : déclarons l'indépendance de notre région, constituons un parlement élu par nos concitoyens pour reprendre le contrôle des fonctions régaliennes de l'État. Nous avons le pouvoir de le faire car nous sommes les représentants du peuple. Dans quelques semaines, cela ne sera peut-être plus possible.

***

Asnières-sur-Seine, une heure du matin

Alexandre ne dormait pas, son épouse, ses cheveux blonds épars étalés sur l'oreiller, était à ses côtés, son souffle régulier indiquait qu'elle était en plein sommeil. Il la regarda, cela faisait onze ans qu'ils étaient mariés, onze ans qu'ils partageaient tout. Leurs deux fils, âgés de 7 et 4 ans, dormaient aussi d'un sommeil profond dans la chambre voisine. Il était inquiet, il avait reçu un SMS d'un ami bordelais une heure auparavant, les élus locaux étaient en train de préparer une crise politique majeure en annonçant leur indépendance. Il allait falloir contre-attaquer dès la première heure le lendemain matin. Ils voulaient pousser le gouvernement à la chute.

Alexandre avait appelé Geoffroy Lejeune dans la foulée. Ils avaient prévu une allocution du Premier ministre dès le JT de 13 heures pour empêcher les sécessionnistes de prendre trop d'espace médiatique. Il allait falloir taper vite et fort, montrer que la désunion était la pire des solutions et que l'attitude des élus d'Aquitaine était un acte de haute trahison.

Soudain, un bruit sourd retentit depuis le jardin. Alexandre sentit son rythme cardiaque accélérer, les deux policiers en faction devant sa maison n'avaient pas donné la moindre alerte. Il se leva en vitesse et alla regarder à la fenêtre, il distingua un groupe de personnes qui se battaient avec les deux hommes de garde. Les attaquants prirent rapidement le dessus. La panique monta en lui, il réveilla sa femme en silence, il lui mit la main sur la bouche en lui disant : « Ne crie pas, lève-toi, on est en danger. » Il la guida discrètement jusqu'à la chambre des enfants et les réveilla en vitesse. Les chambres étaient situées au deuxième étage d'une petite maison, ils étaient bloqués. Ils entendirent des chocs sur la porte d'entrée, elle gémissait sous les coups d'épaule des agresseurs. Il regarda sa femme, elle était en larmes et serrait ses deux enfants contre elle. Il respira un grand coup et retrouva son calme, en bas la porte commençait à céder.

– Je vais descendre. Fais les lits comme si vous n'étiez pas là et cachez-vous du mieux que vous pouvez, je vais faire un maximum de bruit pour qu'ils ne prennent pas le temps de fouiller la maison.

– Mais Alex, ils vont te tuer !

– Peut-être mon amour, mais il faut que j'essaie de vous protéger. Vite, range tout et cachez-vous !

Ses enfants pleuraient en silence.

Il descendit rapidement, il voulait atteindre la cuisine avant que la porte ne cède. Il arriva juste à temps, il avait saisi deux couteaux au moment où la porte s'ouvrait avec fracas. Il se jeta sur le premier assaillant qui avait trébuché et lui enfonça un couteau dans la nuque, son arme lui fut arrachée des mains. Il se retourna juste à temps pour faire face à un deuxième agresseur qui pointa une arme de poing vers lui, mais il parvint à lui taillader le visage et à refermer la porte sur ses mains. L'homme hurla et dégagea ses membres meurtris. Le silence se fit.

Pendant un instant, Alexandre crut qu'ils étaient partis. Puis une rafale de kalachnikov traversa le bois de sa porte déjà fragilisée, il reçut trois balles dans le torse et s'effondra. La porte s'ouvrit et il vit son assassin lever une dernière fois son arme vers lui. Il n'entendit pas la détonation qui acheva sa vie, sa dernière pensée fut pour sa famille.

L'homme qui l'avait assassiné alla voir le corps de son camarade, le couteau l'avait tué sur le coup. Des sirènes hurlaient au loin, il sortit en courant et hurla à ses hommes :

– Dispersez-vous, entrez dans des immeubles et tuez tous ceux que vous pouvez, et ensuite barricadez-vous ! On se retrouvera devant Allah.

La quinzaine d'islamistes s'éparpilla. L'homme les regarda partir puis il se retourna vers la maison, il croisa le regard de la femme d'Alexandre qui l'observait derrière une fenêtre du second étage. Elle se cacha précipitamment derrière un rideau. Il hésita quelques secondes, puis il se détourna et courut vers les voitures de police qui arrivaient au loin, pour son dernier combat.

***

Rue Lemercier, Paris, 7h30

J'étais effondré. À peine avais-je allumé mon téléphone que j'avais reçu une dizaine de messages m'annonçant la mort d'Alexandre. Le choc était immense, c'est lui qui m'avait fait venir au gouvernement, pire, c'est lui qui était le ciment de notre groupe autour de Marion. Il était devenu un ami proche. Son épouse et ses enfants étaient en sécurité, sous le choc.

Ils avaient entendu les coups de feu qui l'avaient tué, ils avaient vu son sang sur le plancher, ils avaient vu par la fenêtre ses assassins répandre la terreur dans le quartier.

A priori près de 300 morts étaient à déplorer, sans compter les terroristes. Toutes les victimes avaient été abattues désarmées, hommes, femmes, enfants. C'était le pire scénario envisagé par l'état-major. Et le meurtre d'un proche de Marion allait mettre en valeur l'impuissance de l'armée à contenir le conflit dans les cités. La panique commençait à me saisir : allait-on être submergé par la crise ? La population allait-elle finir par nous lâcher ?

Je m'habillai en vitesse et rejoignis mon chauffeur qui m'attendait au pied de mon immeuble.

– À l'Élysée, faites vite s'il vous plaît.

Marion m'avait envoyé un message me demandant de venir en urgence.

Je sortis mon téléphone et j'y cherchai le numéro de Geoffroy. Il répondit presque immédiatement :

– Tu es au courant ?

– Oui, je ne m'en remets pas. C'est atroce.

– Et encore, tu ne sais pas le pire, je crois qu'il y a eu d'autres attaques, c'est une catastrophe.

– Ce n'est pas possible… Je fonce à l'Élysée, tu y vas aussi ?

– Oui, on s'y retrouve. J'espère y être dans vingt minutes.

– D'accord, à tout de suite.

En traversant le boulevard des Batignolles, je remarquais que la circulation avait l'air particulièrement dense, une file continue de voitures bloquait l'intégralité du passage. Je demandais au chauffeur d'allumer la radio. Il mit Europe 1. La matinale animée par Belliard depuis des années avait invité ce qui semblait être un adjoint à la mairie de Paris qui donnait un début d'explication à ce que je voyais se dérouler sous mes yeux.

– … je ne suis pas en train de dire qu'il faut quitter

la ville, je dis que l'armée n'a pas fait son travail, ou pas suffisamment bien en tout cas. On a des dizaines de victimes à déplorer dans le nord de Paris et, d'après ce que je comprends, ce n'est pas la seule ville touchée. On a voulu pousser les cités à bout, c'est un retour de bâton auquel il fallait s'attendre. La responsabilité du gouvernement est immense et je peux vous dire que l'histoire s'en souviendra.

– En attendant l'histoire, Monsieur Bersé, que recommandez-vous aux Parisiens ?

– De garder leur calme, l'armée semble avoir repris le contrôle de la situation, donc il n'y a pas lieu de paniquer, je le répète.

– Merci d'être venu. Nous avons maintenant au téléphone le président de la région Nouvelle-Aquitaine. Bonjour, Monsieur Rousset.

– Bonjour, Monsieur Belliard.

– Vous avez souhaité nous joindre ce matin car vous avez pris une lourde décision cette nuit.

– C'est le moins que l'on puisse dire, je ne suis pas seul à l'avoir prise. Avec une centaine d'élus de Nouvelle-Aquitaine, nous avons décidé de déclarer la région indépendante, tant que Marion Maréchal ne démissionnera pas. Nous entrons en résistance face à la guerre civile provoquée par ce gouvernement d'extrémistes.

– Je… vous, euh, le journaliste en bégayait de surprise, il était conscient d'avoir obtenu une information d'une importance capitale. Pouvez-vous nous expliquer ce que cela implique ?

– Nous serons désormais autonomes et assurerons les fonctions régaliennes de nos territoires, tant que le gouvernement ne cessera pas cette guerre ignoble ou tant que Madame Maréchal ne démissionnera pas.

– Et sur quel fondement légal vous appuyez-vous pour prendre une telle décision ?

– Aucun, à situation exceptionnelle, réponse exceptionnelle. Le général de Gaulle avait choisi de quitter la France pour entrer en résistance, nous faisons, d'une certaine façon, la même chose. La Nouvelle-Aquitaine entre en résistance face à ce gouvernement néofasciste.

***

Une heure plus tard, périphérique nord

Un bouchon interminable s'était formé, les voitures étaient à l'arrêt, la population avait appris le massacre d'Asnières et commençait à fuir le nord de Paris. Toutes les autoroutes vers l'ouest commençaient à saturer. La panique s'était emparée d'une partie des Parisiens et cela ne faisait que commencer.

À midi, l'ensemble des autoroutes de l'ouest et du sud étaient saturées, la situation était comparable aux pires départs en vacances. Et le pire arriva.

Une centaine de terroristes qui avaient échappé à la souricière organisée par l'armée réussit à atteindre l'autoroute A13 aux alentours de Trappes. Les voitures étaient à l'arrêt, ce fut une boucherie. Des milliers de voyageurs quittèrent leur voiture en panique pour échapper aux assassins qui remontaient la file interminable de véhicules en tuant tout sur leur passage. Quelques actes de bravoures leur firent perdre des hommes et du temps, un chauffeur routier réussit à sauter sur un islamiste, à lui arracher son arme et à en tuer trois. Un jeune père de famille et un retraité de l'armée tendirent un piège à deux terroristes. Après les avoir tués, ils résistèrent dix minutes aux assauts des fanatiques et moururent avec honneur. Ils avaient mis à terre 11 ennemis.

L'armée put intervenir au bout de 40 minutes, les islamistes furent tués mais le massacre avait coûté la vie à plus de 400 personnes.

***

Palais de l'Élysée

– Le bilan s'alourdit Madame le Président. Les assassins d'Alexandre ont tué 813 personnes ; ceux de l'A12, 524 ; deux attaques ont eu lieu pour tenter de libérer des camps de rétention que nous avons créés, elles ont été déjouées mais cela prouve qu'il nous reste trop d'ennemis en dehors des zones sous contrôle. Nous devons en finir au plus vite avec les cités, sans quoi il y aura d'autres massacres sur le territoire. Nous estimons le nombre de personnes qui fuient leur domicile à plus de 2.3 millions, et nous pensons qu'il y a encore 2 300 islamistes qui sont en liberté sur le territoire.

– Merci, Général. En ce qui concerne les cités, quel est le bilan ?

– Nous avons neutralisé 113 000 ennemis, cela a coûté la vie à plus de 24 000 civils qui avaient refusé de quitter leur logement. Nous avons perdu 3 800 soldats. Il reste 220 cités non contrôlées, nous en avons donc repris plus de 500. Évidemment, les 220 restantes sont les plus dangereuses, les mieux armées et c'est là que les terroristes sont les plus nombreux et les mieux formés. Les pertes y seront les plus lourdes.

Le chef d'état-major prit la parole : Madame, nous allons devoir frapper vite et fort. Si dans quelques jours, nous ne rétablissons pas l'ordre, nous risquons de devoir gérer des mouvements migratoires de Français fuyant les zones à risque d'un côté et des attaques des cités sur tout le territoire de l'autre.

– Que me recommandez-vous ?

– Donnez 24 heures aux civils pour quitter les cités avant une attaque massive. Certaines zones devront probablement être bombardées pour que les pertes humaines du côté de l'armée soient limitées.

– Êtes-vous conscient que les terroristes ne laisseront plus les civils fuir ? Ils vont immédiatement comprendre ce que cela signifie…

– Oui, nous pensons envoyer un maximum d'hommes au cœur des cités avec des blindés, nous servirons de point de ralliement pour ceux qui veulent quitter les zones de guerre. Et nous lancerons des attaques pour monopoliser au maximum les combattants. Ils ne pourront pas se battre contre nous et surveiller des innocents en même temps. Je sais que beaucoup de civils seront malgré tout contraints de rester mais je crois que nous n'avons plus le choix.

– Où en est-on de la création de camps d'accueil pour les fuyards ?

Je pris la parole, j'étais chargé de travailler sur le dossier avec le ministre de l'Intérieur.

– Cela avance bien. Nous avons 9 camps déjà aptes à recevoir une centaine de milliers de personnes, nous sommes en train d'en créer une centaine de plus avec le Secours catholique, la Croix rouge et une dizaine d'ONG. Nous avons 90 000 bénévoles qui se mobilisent partout sur le territoire. En revanche, nous avons un gros problème au sujet de la Nouvelle-Aquitaine, il va falloir que nous traitions ce sujet au plus vite. Alexandre avait prévu un communiqué à ce sujet et… Ma voix s'éteignit, je pris à nouveau conscience de l'énormité que représentait l'assassinat de mon ami. Tout le monde fit silence. Au bout de quelques instants, Marion reprit la parole, stoïque.

– Nous ferons le deuil d'Alexandre en temps voulu, sa femme et ses enfants sont pris en charge, nous devons avancer. Concernant les régions, il est probable que le Poitou-Charentes et le Limousin suivent le mouvement, c'est en tout cas ce que me font remonter les préfets. Nous allons lancer le plan de communication préparé par Alexandre et Geoffroy.

Elle se tourna vers dernier.

– Oui, tout est prêt, la bonne nouvelle c'est que ce ne sont pas des régions très touchées par la guerre civile. À part les cités autour de Bordeaux. Nous allons donc les mettre sous cloche le temps de résoudre la crise, tout en dénonçant la trahison des élus locaux et en leur montrant qu'ils seront jugés après la guerre.

– Bon, deux décisions difficiles à prendre aujourd'hui et que je soumets à votre vote. La première est d'annoncer l'ultimatum aux cités : dans 24 heures, les civils devront les avoir évacuées sans quoi nous ne répondrons pas de leur sort. La deuxième est de déclarer officiellement l'état de guerre par décret.

Les deux militaires présents dans la pièce sursautèrent. Ils savaient tous ce que cela signifiait : droit de réquisitionner les Français, d'interdire la circulation, de contrôler les moyens d'information… Cela n'était pas arrivé depuis 1945.

Le CEMA prit la parole :

– Madame, l'état de guerre est généralement utilisé pour déclarer la guerre à un ennemi extérieur.

– C'est juste, et c'est le cas. Je veux déclarer la guerre aux ennemis de l'extérieur venus sur notre territoire pour y porter la violence. Mais surtout, je déclare la guerre aux zones de non-droit qui se sont autoproclamées indépendantes. Notre autorité et nos lois n'y sont plus respectées, je considère donc ces territoires comme étant détachés de la France. Vous savez ce que cela impliquera. Mon objectif est d'avoir toute légitimité pour prendre les mesures nécessaires au rétablissement de la paix.

Le CEMA, le général de Villiers, Patrick Buisson, Éric Zemmour et moi-même nous regardâmes.

– Quel est votre avis, Messieurs ? Qui est favorable à ces deux décisions ?

Un par un nous levâmes la main, conscients que nous allions déclencher la mort de dizaines de milliers de personnes et que l'unité du peuple de France en serait à jamais entachée.

***

L'annonce de la déclaration d'état de guerre ne déclencha pas les réactions attendues, les Français avaient compris que la France était de fait en guerre et les médias étaient tellement violents dans la critique du gouvernement Wauquiez qu'ils n'en étaient plus crédibles.

La fuite de plusieurs millions de Français, majoritairement vers l'ouest de la France, avait engendré d'énormes problèmes logistiques et sanitaires, la plupart des fuyards n'avaient pas de lieu de résidence secondaire, il avait donc fallu en urgence ouvrir des campings, des centres d'accueil et des gymnases pour héberger les arrivants.

Marion Maréchal annonça l'ultimatum au JT de

13 heures, dès le lendemain de la discussion qu'elle avait eue à l'Élysée. Le lendemain à la même heure, l'armée française entrerait en force dans les cités.

***

Saint-Denis, le lendemain, 12h30

Près de 30 000 hommes, femmes et enfants avaient réussi à fuir la ville. L'armée avait mené simultanément deux attaques majeures à l'est et au nord, ce qui avait obligé les combattants islamistes à concentrer leurs forces sur ces zones, et laissé un couloir de fuite pour les civils qui souhaitaient partir. Le général Legris avait espéré accueillir au moins 100 000 fuyards, il en avait moins d'un tiers. L'ultimatum arrivait à son terme. Il avait envoyé, dans une ultime tentative, des chars munis de haut-parleurs pour annoncer la destruction intégrale de la cité pour effrayer les civils hésitants.

Le résultat avait été décevant. Les derniers civils arrivaient, ils seraient envoyés dans des camps en attendant d'être déradicalisés si besoin. Ils seraient sous observation de longs mois avant d'être libérés.

À 12h50, le général fit parvenir un message à son état-major, ils devaient évacuer la cité rapidement. Elle faisait partie de celles qui allaient être rasées, réellement. L'exécutif avait décidé que certaines cités étaient trop dangereuses pour qu'on y envoie encore l'armée. La méthode était radicale, elle épargnerait la vie de nombreux soldats, mais pas celle des probables milliers de civils retenus par les djihadistes.

Maxime entendit l'appel dans sa radio, il devait partir. Il n'avait pas encore atteint l'immeuble qu'il avait nettoyé deux semaines auparavant avec ses hommes, il voulait à tout prix y parvenir pour faire sortir les familles qu'il y avait vues. Il regarda ses hommes, il savait qu'ils le suivraient quel que soit son choix. Il se tourna vers Hervé :

– Tu ramènes tous les pères de famille au camp de base, il faut vous dépêcher.

– C'est mort, on ne te lâche pas Max.

– Tu dois y aller, il faut que vous négociiez avec le général pour qu'il nous laisse 10 minutes de plus. On est à deux pas de l'immeuble, on peut le faire.

Hervé le regarda, ils savaient tous les deux les risques énormes auxquels Maxime et ceux qui le suivraient s'exposaient. Aucun d'eux ne s'était remis de la mort de l'enfant, ils voulaient réparer leur erreur, ils voulaient tous y aller.

– OK on y va, Jérôme, Pat, Franck, Guillaume, Momo, on court au camp. Bonne chance les gars, ne traînez pas en route.

Maxime et lui se firent une accolade, et les deux groupes partirent dans des directions opposées.

Le groupe des célibataires courut, ils arrivèrent en quelques minutes au bâtiment dans lequel ils se retrouvaient chaque nuit en cauchemar. Quelques tirs retentirent depuis le toit de l'immeuble voisin, ils étaient trop loin et aucun ne les atteignit. Ils grimpèrent prudemment et aussi vite que possible dans les étages. Arrivés sur le palier, ils se rendirent à la porte où le petit homme était mort. Ils baissèrent leurs armes, Maxime frappa à la porte. Il entendit des bruits précipités derrière celle-ci, des chuchotements en arabe.

– Ouvrez, on vient pour vous aider, on va vous faire sortir de là !

Une voix de femme lui répondit :

– Non, non, allez-vous-en, on ne veut pas de votre aide.

– Madame, c'est moi qui ai tué votre fils par accident, je veux juste vous aider, nous avons vu que vous n'aviez rien à faire ici. Nous voulons vous aider à quitter la cité, elle sera détruite dans quelques minutes.

La porte s'ouvrit doucement, un regard craintif et doux se posa sur Maxime et ses hommes, son visage avait les traits tirés, fatigués, elle semblait à bout de nerfs.

– Je ne partirai pas, mon mari refuse de vivre parmi les vôtres, nous ne voulons pas vivre dans votre société décadente. Vous avez tué mon fils, je vous pardonne, maintenant laissez-nous vivre ici avec nos frères ou bien mourir sous vos bombes. Qu'importe, dans les deux cas nous serons auprès d'Allah à la fin.

Maxime comprit qu'il n'avait aucune chance de la convaincre, il regarda sa montre, il était 12 h 58.

– Merci de me pardonner. Je suis désolé, nous devons y aller.

Il se retourna vers ses hommes :

– Go les gars, on rentre, on a deux minutes devant nous si Hervé n'a pas réussi à avertir le général.

Ils descendirent les marches à toute vitesse, le premier qui arriva dans le hall de l'immeuble, Jean, s'écroula en hurlant en se prenant une balle dans le torse, il mourut sur le coup, puis ce fut un déluge d'acier. Les hommes remontèrent dans l'escalier.

– Merde, ils nous attendaient, on est bloqués !

– Envoyez des grenades et des fumigènes ensuite, les gars, on n'a plus de temps.

Deux d'entre eux dégoupillèrent et envoyèrent des engins explosifs, à peine la détonation avait-elle retenti que deux fumigènes les suivaient. Ils redescendirent en courant et traversèrent le hall couvert de sang. Les grenades avaient fait mouche, ils sortirent dans la rue. Le bruit de cinq avions de chasse recouvrait tout. Quelques tirs de kalachnikov essayèrent d'atteindre le petit groupe sans succès, la plupart des tirs étaient concentrés sur les avions. Plusieurs roquettes partirent du toit d'immeubles mais aucun ne toucha les engins. Ils avaient fait un premier passage d'observation, ils allaient désormais envoyer leurs missiles. Il restait un peu plus d'un kilomètre de traversée pour les 7 hommes avant d'atteindre la zone sécurisée, Hervé n'avait pas dû réussir à prévenir le général, ils accélérèrent au maximum, deux d'entre eux jetèrent même leurs armes pour tenir le rythme. Le grondement monstrueux des avions de chasse revint, grossissant au fur et à mesure de leur approche, ils étaient dans le dos des militaires, un premier missile atteignit un immeuble, puis une dizaine d'autres explosèrent. La terre trembla, le ciel sembla s'écrouler sur la tête des soldats, un immeuble entier s'effondra au-dessus d'eux, le néant les engloutit.

***

L'heure des pros, CNews, 9 heures le lendemain

– C'est n'importe quoi, il faudra les envoyer au tribunal ! On ne divise pas la France au moment où elle est en guerre voyons ! Mais c'est fou, ça !

– Pascal, du calme. Elle a fait tuer des milliers de civils avec son gouvernement. Je suis désolé mais c'est un acte de résistance, c'est tout.

– Gérard, tu dis n'importe quoi. C'est du grand Gérard Leclerc ça. Elle a été élue avec un programme clair. Au moment où elle est élue, on assiste à la partition du territoire. L'État réagit et c'est normal, et après ça, on voit le massacre de centaines de personnes. Je ne dis pas que je suis d'accord avec Maréchal, tant s'en faut, mais on ne va pas soutenir la trahison d'élus régionaux quand même ! Vous en pensez quoi, Charlotte d'Ornellas ?

– Bah, c'est une évidence, si on écoutait Gérard, on serait en train de laisser les islamistes prendre le contrôle d'une partie de notre pays. C'était ça ou la guerre. Pardon mais moi je refuse que la France disparaisse au profit d'islamistes dégénérés qui ne pensent qu'à une chose, c'est tuer des infidèles, infidèles dont vous faites partie Gérard, ça devrait vous faire réfléchir.

– Mais vous êtes fous tous les deux, on parle de plus de 350 000 morts juste hier ! Sous les bombes de nos avions de chasse ou sous le fusil de nos soldats, mais vous pensez vraiment qu'il y avait 350 000 islamistes dans le pays ?

– Non Gérard. C'était Zineb El Razoui qui lui répondait. Mais je crois qu'il y a des centaines des milliers de musulmans qui n'étaient pas effrayés ou inquiétés par l'arrivée d'un califat en France. Je pense que beaucoup, la majorité probablement, des musulmans est contre ça mais il en reste beaucoup trop qui sont, ou étaient, anti-France et pro-islamisme. On ne peut pas être pour la mort de ces 350 000 personnes, dont une partie étaient des civils désarmés, mais la question est de savoir si le gouvernement avait le choix de faire autrement ou non.

Pascal Praud intervint.

– Mais le sujet de fond, c'est aussi de savoir si on doit condamner ou non ces élus qui se désolidarisent de nos pays ! On a quand même trois régions qui se retrouvent déclarées autonomes, c'est dingue ça ! Éric Zemmour arrive, merci Éric de venir en dernière minute. Qu'est-ce que vous nous dites de tout ça, vous ?

Éric Zemmour était en train d'ajuster son micro.

– Bonjour Pascal. Bon j'écoutais votre débat depuis les loges. Le sujet des régions qui abandonnent le navire au pire moment sera à traiter dans un second temps. Il faudra juger ces élus qui se croient au temps de la révolution, ils ont agi sans la moindre légitimité, ils n'ont même pas joué d'un référendum local. Mais pour le moment la priorité du gouvernement doit être de reconstruire. Nous avons encore 2000 djihadistes à neutraliser sur le territoire, 760 000 réfugiés dont il faut que l'on sache s'ils sont réellement opposés aux islamistes ou s'ils ont profité de l'ultimatum pour sortir des cités et nous refaire la guerre plus tard. Restaurer l'unité nationale et retrouver un semblant de vie normale va prendre du temps. Je ne crois pas que le système politique actuel le permette, nous allons devoir réformer les institutions de fond en comble. Le pire est passé pour ce qui est des violences, mais nous vivons ce qu'ont vécu les Français avant que la France ne connaisse le sentiment national. Cette notion d'appartenance a vécu durant des siècles et a failli mourir, nous devons la faire revivre.

– Vous êtes en train de nous annoncer la VIe République ?

– Je n'annonce rien pour le moment, ce sont des discussions que nous allons mener en tout cas.

***

3 mois plus tard, septembre 2026, Trappes

La foule nombreuse était dans l'attente, de part et

d'autre d'un grillage barbelé. Trappes avait fait partie des cités épargnées par les bombardements. Le « nettoyage » des djihadistes par des soldats d'élite, commandos en tête, avait pris trois mois. Immeuble après immeuble, l'infiltration des forces armées était venue à bout des islamistes. L'ultime poche de résistance avait cédé la semaine précédente. Marion avait voulu en faire le symbole de la fin de la crise : c'est là qu'avait dégénéré la première manifestation islamiste, c'est là que devaient être posées les premières briques de la réconciliation.

Elle arriva à midi. Des journalistes du monde entier étaient là, l'ensemble du gouvernement s'était déplacé, une immense partie des députés et des sénateurs était également venue. La maire de Trappes accueillit la jeune présidente. Après un rapide discours d'introduction, elle laissa la place à Marion. Celle-ci alla saisir une pince coupante, descendit de scène et coupa un câble d'acier qui reliait deux grillages entre eux. La foule applaudit. Les images avant les mots, c'est ce qu'avaient décidé Marion et ses communicants. Elle revint sur scène, la tribune avait été orientée pour qu'elle puisse faire face aussi bien aux habitants de Trappes libérés qu'aux autres.

– Chers compatriotes, ainsi se ferme la triste période de la Reconquête, l'état de siège appartient au passé, l'heure est à la réconciliation nationale. Nous honorons aujourd'hui les 90 000 patriotes, militaires et civils, qui ont perdu la vie durant les six derniers mois en faisant face à 650 000 ennemis de notre nation. Ces héros étaient de tous horizons sociaux, géographiques, religieux. Ils ont donné leur vie pour un idéal qui les dépassait, qui dépassait même leur famille, leur communauté. Cet idéal, défendu par nos ancêtres depuis des siècles, c'est la France. Ce sont l'identité et les valeurs millénaires portées par notre pays, pays aux racines profondément enfouies dans la chrétienté mais toujours ouvert à d'autres horizons. Pays qui a toujours eu la volonté de proposer son idéal au monde entier, en tant que phare de la pensée chrétienne.

Elle parlait avec émotion, consciente qu'elle posait les jalons d'une possible reconstruction de la nation française. Elle voulait recréer les conditions d'une destinée commune à tous les Français.

– Notre pays a toujours survécu à ses adversaires. Ils furent Italiens, Espagnols, Anglais, Allemands, Russes. Toujours nous avons fini vainqueurs. Cette fois, ils étaient de nationalités diverses mais unis par une religion dévoyée par des faussaires. Cette fois, ils ne venaient pas de l'extérieur mais de l'intérieur. Cette fois, nous avons dû nous battre contre certains de nos propres concitoyens. Cela ne doit plus jamais se reproduire et nous allons maintenant tout mettre en œuvre pour préserver notre pays de toute guerre civile.

***

Plateau de France 2, le soir même

L'émission n'allait pas tarder à commencer, il s'agissait d'un tout nouveau format lancé par Pascal Praud et David Pujadas. J'étais installé dans le public, entouré par les plus proches collaborateurs de Marion.

Je repensai à tout ce qui s'était passé durant les derniers mois : la remigration de plus de 200 000 binationaux et de plus de 500 000 clandestins, la restauration de la perpétuité, la création de camps d'internement, en attendant la construction de 30 000 places de prison, le retour des populations dans leurs villes d'origine après plusieurs mois d'errance et de souffrance, la réouverture des écoles…

Tout cela s'était fait sous la pression médiatique, la population était aux aguets, attendant de voir ce que deviendrait notre pays. La situation s'améliorait, l'abcès avait été percé mais il restait encore de nombreux terroristes dans le pays et le pus allait continuer à sortir dans les prochaines années. La veille avait encore eu lieu un attentat qui avait coûté la vie à un policier. Ceux-ci avaient cependant retrouvé confiance en eux et en l'avenir : ils avaient plus de marges de manœuvre pour interpeller leurs agresseurs, la justice avait été durcie, d'abord en rendant les juges responsables devant la loi de la libération ou de la faible peine appliquée aux coupables. En cas de récidive, ils devaient rendre des comptes à un tribunal des tribunaux. Bizarrement, les peines étaient désormais appliquées et elles étaient beaucoup plus sévères qu'auparavant. Évidemment, cela avait nui à l'indépendance de la justice et cette situation ne serait pas tenable à long terme mais, à en croire les sondages, l'urgence de la situation avait convaincu la majorité des Français de l'utilité de cette réforme. Les magistrats avaient trop longtemps été laxistes, gangrenés par l'idéologie ambiante qui voulait que le coupable soit une victime de la société.

Plus de 500 imams avaient été renvoyés chez eux, nous avions créé une école des imams pour instaurer un islam de France respectueux de nos valeurs. L'exigence très élevée en matière de connaissances intellectuelles et de valeurs nous rassurait quant à ce qui se passait dans les mosquées de notre pays. Nous avions mis un moratoire sur les constructions de mosquées. Tous ces sujets-là allaient être traités dans l'émission de ce soir. Marion fut annoncée par David Pujadas. Elle arriva, souriante, elle serra la main des deux journalistes et s'assit sur la chaise haute qui lui était destinée, face aux deux hommes. Pascal Praud lança l'émission :

– Bonjour, Madame le Président, ou la Présidente, je ne sais jamais ce que l'on doit dire.

– Madame le Président me conviendra, c'est ce que demande l'Académie française. Nos députés vont d'ailleurs bientôt voter une loi pour cesser que soit imposée la féminisation des titres au sein de l'assemblée, nous devons écouter les gardiens de notre langue plutôt que les idéologues égalitaristes.

– Très bien, bonjour Madame le Président donc ! Vous connaissez bien l'émission, je crois que vous la regardez régulièrement, vous avez donc la parole durant les 5 prochaines minutes pour traiter du sujet de votre choix.

– Merci Monsieur. Votre émission fait en effet partie des rares que je me permets de regarder. Comme sujet libre, j'ai choisi d'aborder celui des institutions. Je l'ai déjà dit, et certains des porte-parole du gouvernement l'ont également expliqué ces derniers mois, je crois que la république a failli. Les présidents qui se sont succédé n'ont jamais pu appliquer leur programme du fait de leur volonté d'être réélus et de plaire, pour y parvenir, aux médias et aux puissants. Les Français ont été particulièrement marqués par Nicolas Sarkozy qui avait promis de nettoyer les banlieues et de réduire l'immigration, tout en faisant l'exact contraire. Le glas de notre système a sonné en 2005 quand la classe politique a décidé de mépriser le référendum sur le traité de Lisbonne : le peuple avait dit non, le parlement a décidé que oui. C'est à ce moment que sont mortes, pour moi, la démocratie et la Ve République. La Ve République est en réalité devenue une monarchie sans roi, nous avons un exécutif tout-puissant, les parlementaires étant généralement aux ordres de leur groupe et donc, pour ce qui concerne la majorité, du président. Ainsi le président fait voter les lois qu'il veut, sans se soucier de l'avis du peuple. Nous avons fait croire aux Français que nous avions un système de pouvoir horizontal, il est dans les faits de plus en plus vertical.

Cela pourrait ne pas être un problème si nous ne changions pas de dirigeant tous les 5 ans, nous avons vu François Hollande détruire les seules réformes intelligentes de Nicolas Sarkozy, puis Emmanuel Macron accélérer le pire de ce qu'avait fait son prédécesseur sans la moindre suite logique. Notre pays souffre à la fois d'un déni de démocratie terrible, avec une assemblée aux ordres du gouvernement lui-même prenant les siens de Bruxelles, mais aussi d'une instabilité dans les grandes politiques avec les changements de gouvernements tous les 5 ans.

Évidemment, nous allons tout faire dans les prochains mois pour lutter contre ces dérives, nous négocions en ce moment même une grande réforme des traités européens avec nos partenaires pour récupérer notre souveraineté, nous allons réinstaurer une réelle proportionnelle à l'Assemblée nationale, et nous allons surtout introduire quelques principes de la démocratie directe pour permettre aux Français de se saisir des sujets qui les concernent.

Mais, au-delà de ces réformes, je vous annonce un grand référendum, référendum qui changera la face et l'avenir de notre pays.

Vous l'avez compris, il me semble absolument vital que les grandes réformes soient portées de façon continue et cohérente par nos gouvernants. Nous ne pouvons pas avoir une vision géopolitique stratégique cohérente si, tous les cinq ans, les gouvernements changent. Nous ne réussirons pas à garder un budget à l'équilibre si on passe du socialisme au libéralisme tous les deux mandats. Nous ne serons pas crédibles vis-à-vis de nos alliés si nous les trahissons régulièrement. Vous comprenez où je veux en venir, je voudrais soutenir le retour d'une monarchie en France. Cette monarchie serait d'un nouveau genre, le souverain aurait pour charge les relations internationales, la sécurité intérieure et extérieure, la protection de notre économie, le droit et la justice et il définirait le budget de l'État. En dehors de ces fonctions régaliennes, tout le reste serait assuré par les régions qui seraient garantes d'une démocratie directe pour tous les autres sujets, dans le strict respect du principe de subsidiarité.

Le référendum portera donc sur la suppression de la Ve République, maintenant que notre territoire a délogé la majeure partie de ses ennemis, maintenant que nous allons pouvoir protéger nos frontières, il est urgent que nous restaurions l'unité nationale. Celle-ci est morte il y a trop longtemps, elle est morte à l'époque de l'assassinat d'un roi de France, elle est morte quand des assassins ont choisi de présider aux destinées de notre pays. Le référendum qui vous sera proposé concernera donc la restauration de la monarchie en France, celle-ci aura des attributs particuliers. Il ne s'agit pas de revenir trois siècles en arrière, il s'agit de penser les trois siècles à venir.

Pascal Praud et David Pujadas étaient bouche bée.

***

Les semaines suivantes, France

La réaction de la classe médiatique et culturelle ne se fit pas attendre longtemps suite aux annonces de Marion Maréchal. Un mouvement fut lancé sur les réseaux sociaux pour lutter contre le oui au référendum avec le mot dièse #StopObscurantisme. Une tribune cosignée par plus de 300 membres du milieu culturel et médiatique parut trois jours plus tard dans *Le Monde* pour dénoncer le « coup d'État mené par Maréchal », le titre était clair : Abandonner 250 ans de combat contre l'absolutisme, c'est NON !

Les signataires annonçaient leur départ du pays en cas de victoire du oui et jouaient les Cassandres en annonçant des catastrophes inouïes.

En parallèle, des casseurs d'extrême gauche tentèrent de reprendre la rue mais la réaction populaire fut telle, les Français ne voulaient plus entendre parler de casseurs pour au moins une décennie, qu'ils renoncèrent vite à leurs manifestations.

La classe politique était, quant à elle, partagée, la totalité des élus de gauche entra en campagne pour le non quand ceux du centre et de la droite étaient hostiles à 60 %.

Des débats quotidiens qui avaient lieu sur tous les plateaux TV mais aussi sur les canaux les plus regardés, tels Youtube ou Twitch où les plus célèbres Youtubeurs se mobilisaient massivement pour le non. Le gouvernement reprit le contrôle de la Nouvelle-Aquitaine grâce aux Natifs qui déclenchèrent trois immenses manifestations en faveur du gouvernement à Bordeaux, Poitiers et La Rochelle. Les élus cédèrent les uns après les autres et, au bout de trois semaines, la coalition cédait et la région abandonnait toute prétention à l'indépendance.

La victoire rapide et sanglante du gouvernement sur les cités, soutenu par la majorité des Français, avait joué en la faveur de Wauquiez et de Maréchal.

Le pays était en revanche dans un état catastrophique sur le plan économique, il avait été paralysé presque 9 mois. Le chômage atteignait des sommets et la dette du pays avait grimpé à 127 % du PIB. Les réformes économiques commençaient à peine à être votées, leurs effets mettraient des années à rétablir la situation. Il fut donc décidé en urgence d'un plan massif d'investissement en faveur des TPE et PME pour relancer l'économie.

***

Deux mois plus tard, 19 h 55, plateau de TF1

Léa Salamé attendait avec impatience le début du journal. *A priori* les résultats étaient tombés mais le gouvernement avait fait une véritable omerta pour que l'information ne fuite pas. Ses invités avaient l'air d'en savoir aussi peu qu'elle sur les pronostics, personne ne savait quel camp avait gagné. Les sondages avaient été en faveur du « oui » assez rapidement mais tous les analystes et les journalistes pensaient qu'au moment du vote, l'abstention jouerait en faveur du « non ». Le camp du non avait été dynamisé et électrisé par un travail extraordinaire de la part de la classe dominante : stars de cinéma, chanteurs, journalistes, écrivains, youtubeurs… tous avaient accordé leurs violons pour mobiliser un maximum contre le « oui ».

En face d'eux, des milliers de bénévoles avaient tracté, milité, organisé des conférences ou des groupes sur les réseaux sociaux pour le « oui ». C'était le petit peuple réac contre l'élite éclairée.

Le journal débuta :

– Chers téléspectateurs, bonsoir. Ce soir, nous allons connaître le résultat du référendum qui s'est tenu aujourd'hui. Le seul chiffre que je puisse vous annoncer est celui de la participation qui va apparaître tout de suite à l'écran. 87 % ! Vous êtes 87 % à vous être déplacés aujourd'hui pour voter.

Pour la deuxième fois en quelques mois, elle blêmit, elle savait ce que ce chiffre annonçait. Elle annonça le compte à rebours, l'image qui allait s'afficher derrière elle allait être diffusée directement depuis l'Élysée, elle n'avait aucun moyen de connaître le résultat.

– 10, 9, 8… Une fois encore, la France retenait son souffle, consciente que le résultat changerait le pays pour des décennies. 7, 6, 5… La question qui était dans toutes les têtes était : si c'est le oui qui l'emporte, qui sera roi ? Marion avait déjà annoncé que ni elle ni personne de son gouvernement ne prétendrait au trône. 4,3,2… Les 300 signataires sentaient peser sur eux le poids de leur tribune. S'ils perdaient, la France se chargerait de leur rappeler le fait qu'ils avaient annoncé leur départ. 1,0…

– C'est donc le oui qui l'emporte à 64 %. C'est la fin de notre système politique, c'est la fin d'un monde. Elle se tourna vers Éric Zemmour. Et vous, Éric Zemmour, qu'en pensez-vous ?

Il lui fit un grand sourire et commença sa réponse.

Épilogue

Deux ans plus tard, le 9 août 2031, Fort de Brégançon

Louis de Bourbon suivit son épouse à travers le jardin jusque dans le grand salon, au rez-de-chaussée du bâtiment. Celui-ci était somptueux, il baignait dans la lumière presque aveuglante du soleil du sud. La chaleur avait grimpé d'un cran, ils atteignirent bientôt la porte d'entrée qui menait au salon ombragé où la température était plus fraîche. Il aperçut le Premier ministre qui discutait avec son épouse et la jeune présidente. Ils avaient l'air détendus et se levèrent en souriant à l'arrivée du futur roi de France.

– Bonjour à tous les trois. Merci d'être venus jusqu'ici et merci pour tout ce que vous faites en cette période estivale ! Vous avez fait bon vol ?

– Bonjour Louis, bonjour Marie-Marguerite. Heureuse de vous voir ! Oui tout s'est bien passé. Et de votre côté ? Prêts pour le grand événement ?

– Peut-on vraiment l'être ? Toute ma vie je me suis

préparé à donner ma vie à mon pays, mais maintenant, plus que jamais, je n'arrive pas à réaliser que nous allons le faire.

Marion lui répondit :

– Cela va être le coup d'envoi d'une nouvelle période de notre histoire ! Vous allez avoir un travail énorme, une vie entière n'y suffira pas. Avez-vous finalisé la liste gouvernementale que vous annoncerez la semaine prochaine ?

– Oui, je voudrais la soumettre à votre jugement, si cela ne vous dérange pas.

– Non, bien sûr, dites-nous !

– Voilà, j'ai longuement hésité mais je crois que le plus sage serait de reprendre l'intégralité de votre gouvernement. Il me semble qu'il a fait la preuve de sa solidité et sa loyauté en des temps effroyables. Je pense que les Français verront d'un bon œil cette continuité. Je sais que la plupart d'entre eux vous ont soutenu dans le référendum pour restaurer une monarchie française. Comme nous allons entrer dans un système de monarchie parlementaire à la monégasque, cela signifie que j'aurai, avec mon gouvernement, le pouvoir exécutif. Il faut donc que je montre à nos compatriotes que je ne compte pas tout changer en quelques mois !

Marion et Laurent se regardèrent en souriant.

– C'est ce que nous espérions ! Qui prendrez-vous comme Premier ministre ?

C'était Marion qui posait la question.

Louis de Bourbon plongea dans ses pensées. Le travail fait par le gouvernement de Laurent Wauquiez avait été impressionnant. En deux ans, ils avaient fait changer la constitution pour faire renaître une monarchie constitutionnelle à la française suite au succès du référendum. Le roi y exercerait les fonctions régaliennes avec son gouvernement, qu'il choisirait, le parlement s'occuperait du législatif. Et les régions, revenues à leur réalité historique et identitaire à la suite d'un second référendum organisé quelques mois auparavant, auraient désormais de grandes marges de manœuvre pour définir un certain nombre de règles concernant l'éducation et d'autres aspects de la vie quotidienne des Français.

Marion avait en parallèle relancé les négociations avec l'Union européenne pour en changer le fonctionnement. Rester une union économique était vital pour l'Europe, elle en avait eu l'intuition très vite, pour lutter contre la concurrence déloyale de la Chine, de l'Inde et des BRICS en général. Pour parvenir à réformer l'Europe, elle avait lancé, avec un groupe d'une dizaine de pays membres de l'UE, le plan « Protection » qui portait les germes d'un véritable protectionnisme européen : taxes sur les importations de certains produits qui pouvaient être créés au sein des pays de l'union, quota divers, interdiction de certains produits etc. La relocalisation de certaines industries était perceptible grâce aux incitations fiscales mises en place et aux barrières douanières érigées.

Au début, la levée de boucliers avait été sérieuse : la Commission européenne avait annoncé aux signataires des sanctions, les États-Unis avaient voulu instaurer des taxes énormes sur de nombreux produits fabriqués au sein des différents pays, la Chine avait menacé tout bonnement de l'arrêt de ses échanges commerciaux avec eux. La panique s'était saisie de certains des pays membres, les lignes de la diplomatie française n'avaient pas refroidi pendant un mois, la moitié des pays de l'est avait voulu sortir de l'accord. Marion avait alors convoqué les 12 pays, elle les avait réunis au château de Versailles. Elle avait commencé son discours de façon à rassurer ses alliés.

– Nous savions tous que cela allait arriver, il aurait été invraisemblable que les institutions européennes et internationales ne réagissent pas. Au moment où nous décidons d'arrêter d'être les grands perdants de la mondialisation, à l'heure où nous décidons de reprendre notre destin en main et de protéger nos économies, il est normal que nos concurrents entrent en résistance. Nos pays, à eux seuls, représentent un marché de plus de 250 millions de consommateurs, avec des niveaux de vie bien supérieurs à la moyenne mondiale, les États-Unis comme la Chine ou l'Inde ont besoin de vendre leurs produits chez nous ! Nous sommes en position de force et c'est pour cela que les mesures prises par nos adversaires sont si radicales, ils savent que leur seule chance est de nous effrayer. Mais nous ne tremblerons pas, si nous restons unis, nous réussirons à attirer les derniers membres de l'Union européenne. Pour achever de les convaincre, je vous propose que nous établissions des accords commerciaux forts entre nous. Travaillons à optimiser nos exportations réciproques et lançons des projets économiques entre pays, c'est ainsi que nous donnerons envie à ceux qui nous entourent de nous rejoindre, et c'est ainsi que nous montrerons aux autres que nous sommes forts !

Et le groupe des pays alliés avait tenu. Il venait de grossir, deux mois auparavant, avec l'arrivée de l'Espagne et la Belgique. L'UE n'allait pas tarder à céder et à embrasser la nouvelle stratégie portée par la France. Marion avait du cran, Louis de Bourbon le savait et son Premier ministre en aurait besoin.

Grâce à elle et à Laurent, la France voyait doucement sa situation s'améliorer, les mesures prises commençaient à produire les effets escomptés même si des grèves immenses avaient suivi l'annonce de la réforme des retraites (le public allait enfin s'aligner sur le privé), du retour des 39 heures ou de la réduction massive des contraintes juridiques concernant les licenciements. L'assouplissement législatif était en cours, Guaino avait porté une transformation radicale du Code du travail et d'un grand nombre de normes qui pesaient sur les entreprises.

Il regarda la jeune présidente, il était impressionné par les résultats obtenus sur l'immigration illégale. Elle avait largement chuté, une immense campagne avait été mise en place avec l'accord de 18 pays africains (Côte d'Ivoire, Cameroun, Sénégal, pays du Maghreb...) expliquant aux ressortissants de ces pays que tous les clandestins arrivant en Europe seraient ramenés directement chez eux. En parallèle, des premiers bateaux avaient été reconduits sur les côtes africaines sous l'œil de caméras qui avaient ensuite diffusé les reportages partout en Afrique. Le nombre de morts en Méditerranée baissait de mois en mois. Une trentaine de passeurs avaient été jugés et condamnés à la prison à perpétuité pour crimes contre l'humanité, leur condamnation avait été médiatisée et des navires de guerre patrouillaient désormais sur la Méditerranée, pendant que les côtes du sud de la France étaient de nouveau sous surveillance. Les Natifs prêtaient main-forte aux forces de l'ordre en assurant des permanences pour surveiller la côte, les Pyrénées et les Alpes.

L'immigration légale avait également sensiblement baissé avec l'arrêt du regroupement familial, de la Couverture Maladie Universelle...

Dans le même temps, les demandeurs du droit d'asile étaient reçus dans de bonnes conditions, ils étaient placés sous bonne garde dans des lieux en dur, ils avaient droit à des douches, toilettes propres, nourriture saine, cours de français, vêtements chauds, activités diverses. Les procédures avaient été considérablement raccourcies et, en trois mois, tout arrivant sur le territoire savait s'il bénéficiait ou non du statut de réfugié. Si la réponse était positive, il passait par un camp dans lequel on lui apprenait la langue, l'histoire, les coutumes, les tenues vestimentaires, on lui donnait un nom francisé pour l'aider à mieux s'intégrer et on lui apprenait à adapter ses talents aux besoins de l'économie française. À l'issue d'un an de formation, on logeait la personne dans une ville dynamique pour l'aider à trouver au plus vite un emploi et on favorisait son embauche par des réductions fiscales pour l'entreprise qui l'accueillerait. Les personnes à qui l'on refusait le droit d'asile étaient, quant à elles, toutes raccompagnées dans leur pays d'origine. Et si celui-ci était inconnu, le migrant était envoyé vers un pays d'Afrique, plusieurs d'entre eux acceptaient d'accueillir ces derniers moyennant des accords commerciaux avantageux.

L'Organisme de Contrôle de l'Islam en France était né en 2026. Le gouvernement avait réuni 55 imams modérés et avait défini avec eux les règles du vivre-ensemble souhaitées par la France. Sous la pression du gouvernement, ils avaient tous fini par s'accorder sur le fait que le voile n'avait pas sa place dans une société moderne, que les prières de rues ne devaient plus avoir lieu ou encore que les prénoms devaient être francisés pour éviter le manque d'assimilation. La suppression du Conseil Français du Culte Musulman, totalement gangrené par les Frères musulmans, avait aidé les imams modérés à sortir du bois et à prendre leurs responsabilités et l'École de Formation des Imams, lancée en 2026, était bien gérée, le parcours de formation de deux ans testait à la fois les connaissances des candidats, leur patriotisme et leurs valeurs, tout en permettant d'analyser leur profil psychologique.

L'interdiction faite aux abattoirs français de faire plus de 5 % de halal avait mis fin au scandale qui obligeait tous les Français à manger de la viande abattue selon les rituels musulmans. Les produits halal étaient désormais indiqués comme tels.

La baisse de la criminalité, depuis l'application des peines plancher et grâce à l'augmentation du nombre de places de prison, avait permis aux Français de reprendre confiance en l'État. Les magistrats étaient désormais tenus d'appliquer la plus grande sévérité face aux récidivistes, le mot d'ordre était simple : mieux vaut une minorité qui souffre d'une justice sévère qu'une majorité qui subisse une justice douce. Les délinquants étaient donc punis de façon à décourager les vocations.

Le point noir restait en revanche les attentats qui continuaient à marquer les esprits, chaque mois comptait son lot de morts, même si on constatait un léger ralentissement ce dernier trimestre.

La situation économique était, elle aussi, difficile, même si quelques bonnes nouvelles commençaient à arriver : les primes à la relocalisation et les amendes pour lutter contre les délocalisations avaient commencé à porter des fruits : un an après leur mise en œuvre, des industries revenaient sur le territoire, encouragées par la baisse drastique des charges sociales et patronales. La télévision faisait la promotion du « Fabriqué en France » et poussait les Français à consommer et acheter des produits locaux. Un projet d'immense plateforme nationale de livraison avait été lancé pour contrer Amazon, en lien avec une trentaine de grandes entreprises françaises : la Fnac, Décathlon, Carrefour… La mise en œuvre, bien que complexe, avait permis au pays de reprendre le contrôle sur ce marché et commençait même à exporter son modèle à l'étranger car il était plus respectueux de ses salariés, des commerces locaux et de l'environnement.

La chute des dépenses publiques, brutale mais salvatrice, permit à l'État de se désendetter progressivement, le coût de la dette allait devenir de moins en moins prégnant pour les Français, mais cela avait évidemment eu pour premier effet de réduire la qualité des services publics. La baisse du nombre de fonctionnaires était compensée par la hausse de leur temps de travail mais le mastodonte allait mettre encore des années à se réformer et à devenir efficace.

La France avait plutôt bien résisté à la crise des start-up qui avait eu lieu un an avant. Le 9 septembre, jour de la faillite définitive d'Uber, avait vu un cataclysme économique d'une ampleur inégalée. La société, qui faisait des pertes monumentales depuis des années, avait été lâchée par ses investisseurs au moment où plusieurs pays lui interdisaient l'accès à leur marché, préférant des solutions nationales. La panique avait saisi les marchés et une cinquantaine de licornes, start-up parmi les plus grosses au monde, avaient coulé dans les semaines qui avaient suivi. L'effet d'entraînement avait été sidérant : les levées de fonds nécessaires au financement des jeunes entreprises s'étaient réduites comme peau de chagrin, l'argent qui, jusqu'ici, coulait à flots s'était tari. Un véritable tsunami de faillites avait suivi, des milliards de dollars disparurent purement et simplement et des dizaines de milliers d'emplois furent détruites. Plusieurs banques qui avaient investi des milliards de dollars dans des start-up comme We Work avaient tout bonnement mis la clé sous la porte du jour au lendemain.

Heureusement, la France avait désormais trois atouts majeurs : la BPI disposait désormais d'énormes moyens pour soutenir la création d'entreprises. Ensuite, des milliers de start-up travaillaient avec des grands groupes français, encouragées par l'État et des systèmes de subventions, ce qui les rendait plus fortes et plus stables. Ces partenariats les aidaient à atteindre au plus vite le point de rentabilité. Enfin, les réseaux d'investisseurs français étaient encouragés à soutenir l'activité nationale et les Français, poussés par une campagne nationale lancée par le gouvernement, se mobilisèrent pour soutenir leurs entreprises : les médias firent un travail remarquable pour pousser les consommateurs à soutenir leur économie, la classe moyenne supérieure se mobilisa et permis d'atténuer l'impact de l'explosion de la bulle start-up. Une grande souscription nationale permit ainsi de créer, au sein de la BPI, un fonds commun d'investissement pour soutenir les jeunes pousses les plus importantes et leur éviter la faillite.

La situation s'améliorait sensiblement, même si tout cela était fragile, l'équilibre avait été trouvé mais l'Union européenne avait mal vécu les réformes et la rupture entre l'Allemagne et le reste de l'Europe était consommée. L'agressivité entre la Chine et les États-Unis avait, à deux reprises, faillit déclencher une guerre, leur volonté de dominer l'économie mondiale et leurs fréquentes frictions militaires dans l'océan Indien rendaient la situation extrêmement tendue. Le monde arabe était également une véritable poudrière, la rechute de l'Irak aux mains de l'État islamique déstabilisait tout le Moyen-Orient et l'Algérie était devenu l'un des pires États islamistes du continent africain.

Louis de Bourbon, futur Louis XX, savait que la tâche serait immense. Il lui fallait quelqu'un de fort, de fiable et de loyal pour diriger son gouvernement. Il leur répondit :

– J'en ai parlé avec Laurent. Ce dernier acquiesça d'un signe de tête. Je voudrais vous demander d'être mon Premier ministre, Marion. Je sais que vous pensiez enfin vous reposer, il sourit, mais je sais aussi que vous aurez du mal à me dire non. Ce serait l'occasion pour vous d'aller au bout des réformes que vous avez menées avec courage et talent. Qu'en pensez-vous ?

Il prit la main de son épouse, une brise douce et chaude traversait la pièce, l'orangeade glacée renvoyait des reflets orangés sur la table blanche et immaculée, Marion observait tout cela d'un air distant. Elle pensa à sa fille, à sa famille, à son envie de se reposer quelques années. Puis elle repensa à tout ce qu'elle avait accompli en quelques années de travail acharné, à ce que représentait le fait de continuer à diriger le pays pour le faire aller au bout des transformations nécessaires à sa survie. Elle sourit à Louis XX, elle avait pris sa décision.

Table des matières

Achevé d'imprimer le 19 mai 2021,
en la fête de Saint Pierre Célestin, Pape et confesseur,
sur les presses d'ISI Print,
pour le compte des Presses de la Délivrance.

Imprimé en France
Dépôt légal à parution.